YO FUI EL PRIMERO

YO FUI EL PRIMERO

La increíble historia real de la primera vuelta al mundo

Natacha Sanz Caballero

ISBN: 9781795350082

A mi padre,
que me inculcó el amor por el saber
y la pasión por la historia

PRÓLOGO

Hace algunos años tuve ocasión de leer el libro *A World Lit Only By Fire: The Medieval Mind and the Renaissance*, del historiador americano William Manchester —el título vendría a traducirse algo así como *Un mundo iluminado solo por fuego: la mente medieval y el Renacimiento*—. El citado libro, de lectura apasionante en buena parte por lo escandaloso de muchos de los hechos relatados —buen reflejo de la realidad, pero quizá también con cierta dosis de adorno fruto de la creatividad del autor—, dedicaba una tercera parte de sus casi trescientas páginas a la figura de Fernando de Magallanes, ensalzándolo, glorificándolo incluso.

Haciendo memoria, me remonto a los estudios del Siglo de Oro español de mi juventud, y recuerdo haber aprendido que la figura principal de la primera circunvalación de la Tierra no había sido tanto Magallanes como mi compatriota, Juan Sebastián Elcano. Fernando de Magallanes, el capitán portugués que había concebido, planificado y capitaneado el viaje, pero que nunca llegó a completarlo, no era nuestro héroe nacional, y, en cierto modo, su figura había vivido a la sombra de la del maestre español, que, casi tres años después de la partida, regresó a España como capitán para contar la historia increíble de la primera circunvalación de la Tierra.

Cierto, el español Elcano partió de Sanlúcar de Barrameda como miembro de una armada de más de doscientos hombres capitaneada por el portugués Fernando de Magallanes, y llegó al mismo puerto de Sanlúcar, casi tres años después, como capitán de la nao Victoria, y con una tripulación escuálida de tan solo dieciocho hombres. Juan Sebastián Elcano, pues, había sido la primera persona que había dado la vuelta al mundo, y los honores que se le rindieron entonces y que se le siguen rindiendo hoy en día estaban absoluta e indiscutiblemente justificados.

¿Por qué entonces el libro de Manchester no solo ensalzaba la figura de Magallanes, sino que trataba con poca simpatía a la de Elcano?

Este fue el punto de partida de una investigación que se inició en la biblioteca de mi ciudad de residencia americana, y en la que me propuse reclamar la figura de mi compatriota Elcano tal y como yo la conocía: héroe nacional y artífice de una gesta quizá solo comparable a la de la llegada del hombre a la luna.

La tarea, en un principio, no parecía sencilla, pues en la mayoría de los libros y documentos que consulté, Magallanes era el héroe. Él había concebido el viaje, buscado y suplicado su financiación ante los reyes de Portugal primero y de España después. Él había contratado a la tripulación y asegurado los víveres que les habrían de sostener durante los largos meses de travesía. Y era él quien había capitaneado la partida y viaje, sorteando tormentas, motines y plagas. Pero el capitán general no había regresado con vida, mientras que Elcano, zarpando como maestre, regresaba como heroico capitán de la flota superviviente. Había, pues, un doble punto de vista al tratar la primera circunvalación del planeta, con opiniones justificadas para atribuirla al capitán general portugués, Fernando de Magallanes, o al maestre español, Juan Sebastián Elcano.

A lo largo de la investigación me familiaricé con otros nombres, personajes que contribuyeron al éxito de tan fabulosa gesta, muchos de los cuales perecieron, y la mayoría de los cuales solo ha merecido, como mucho, unas pocas líneas en los libros de historia. Porque, y a pesar de todo, ¿fueron realmente Elcano y los dieciocho hombres que regresaron con él a Sanlúcar en la nave Victoria los primeros en partir de un punto y regresar al mismo, navegando alrededor de la Tierra? Muchas preguntas sobre lo que realmente ocurrió durante la travesía siguen, y seguirán por siempre, sin respuesta, y se convierten en el origen inevitable de este libro, una historia novelada sobre la primera circunvalación de la Tierra contada, pues, desde dos puntos de vista.

En las siguientes páginas encontrarás la historia de dos jóvenes que embarcaron con la armada de Molucas, como así se llamó a la expedición que, al mando de Fernando de Magallanes, partió de España con la misión de llegar a las islas de las Especias navegando hacia el oeste. Dos jóvenes con distintos sueños y dispares visiones de la vida y de sus circunstancias, cuyas voces —una de ellas, callada, la voz de un esclavo; la otra, viva e inquisitiva, la voz de un joven castellano—, te conducirán por uno de los hechos históricos más transcendentes de nuestra historia.

Porque la realidad casi siempre supera la ficción.

Cebú, mes de octubre de 1521

I

Añoro aquellos días, en altamar,
    bajo el ardiente sol
    o en la más aterradora
        de las tormentas.

En la calma de los mares,
    cuando el tedio nos agitaba
    y enloquecía;
en el bramar de las olas
y rugir de los cielos, cuando
    podía saborear mis propias entrañas,
    y pensaba
        mis últimos pensamientos
mientras mi capitán oraba a san Elmo
        anhelando
            suplicando
      su protección.

Mi capitán:
mi guía,
    mi maestro.
Añoro aquellos días.

Me gritaron mentiroso,
    traidor,
        perro.
Qué sabían ellos.
    Orgullosos,
    Altaneros,
        envidiosos.

Si alguna vez miraron,
    nunca me vieron.
Yo era tan solo
la sombra de su dueño,
    el esclavo del capitán.

Mas yo, Enrique,
por la Santísima Virgen que mi capitán don Fernando tanto
amaba
    juro que nunca les traicioné,
    mas razones
        no me faltaron.

Más de dos años antes...

10 de agosto de 1519

*I*n nomine Patris, et Filii, et Spiritus Sanncti.

Las palabras del arzobispo de Sevilla, que daban comienzo a la ceremonia, me devolvieron a la realidad del momento que estaba viviendo. Apenas minutos antes, con la demora que solo es permitida a las novias en su día de casamiento, los capitanes habían hecho su majestuosa entrada en el templo, envueltos en el clamor de las gentes que se habían agolpado a las puertas de la iglesia de Santa María de la Victoria. El vocerío apenas había podido amortiguar el retumbar en los adoquines de los casquillos de sus caballos, mientras la cháchara en el interior del templo se había tornado un bisbiseo expectante. Los más de doscientos miembros de la tripulación, que nos habíamos allí congregado para iniciar con la bendición divina nuestra marcha hacia lo desconocido, enmudecimos en seco, fascinados ante semejante espectáculo. Yo mismo, minutos antes envuelto en una acalorada discusión con un grumete al que acababa de conocer, había embobado, arrebatado por la escena que se desenvolvía ante mis ojos. Al frente de la comitiva, el capitán general Fernando de Magallanes suscitaba respeto —no, temor más bien—, confirmando lo que de él había escuchado en los muelles durante los días previos: que era un portugués de baja nobleza y más corta estatura, al que su propio rey había despedido en desgracia; que era un hombre de rasgos poco agradecidos, hirsutos su carácter y su abundante vello, que le cubría rostro y testa, y que dejaba entrever unos ojos saltones, inquisidores; y tullido, además, sin haber sido esto impedimento para que el rey Carlos le pusiera al mando de una flota española, mas qué se podía esperar de un rey que aún era un zagal, como quien dice, y germano de nacimiento y de crianza, para más detalles. También se decía que los capitanes de las otras cuatro naves, castellanos a Dios gracias todos ellos, lo miraban ya con recelo y tramaban a sus espaldas conspirar a la menor oportunidad. Con los cinco engalanados capitanes antes mis ojos, no dudé en creer todo lo que había escuchado, confirmando, como a todas luces era claro, los detalles del físico del capitán general.

Los pendones en sus estandartes identificaban a cada uno de los capitanes, y así, me sentí orgulloso de haber sido asignado a la nave al mando de don Juan de Cartagena, la San Antonio. Era mi capitán un hombre agraciado, y a todas leguas de buena cuna y alta nobleza. Más joven que el capitán general, también le pasaba en un buen palmo, y su porte, derecho y seguro, parecía decir *yo debía ser el capitán general*. Hechizado por su hidalguía y lleno de pundonor por servirle, me giré hacia mi compañero y, con una orgullosa sonrisa, le dije, *Yo voy en la San Antonio, con Cartagena*. Solo quería impresionarle, por supuesto, dar por zanjada nuestra discusión previa con una estocada final. No pretendía que me respondiera, por lo que sus palabras me cogieron por sorpresa. *¿El capitán que nunca ha comandado nave alguna? Pues que Dios te ampare, amigo. Yo viajo en la Trinidad, con el capitán general, que ha navegado más leguas que las mismísimas olas. Por África y por el*

Índico —a donde por la gracia de Dios arribaremos—, venciendo a moros y otros enemigos de la Santa Madre Iglesia, y sea la lanza que atravesó su rodilla y le dejó tullido testigo de su valor.

Mi sonrisa se desvaneció durante el resto de la ceremonia, mientras las palabras de ese muchacho impertinente retumbaban como un eco en mi interior: el capitán que no había comandado ninguna nave... El capitán general, que ha viajado más leguas que las olas... Tullido... Su valor... La ansiedad comenzó a arrebatarme, devolviéndome las imágenes de mis últimos días en el hogar familiar de mi Toledo natal, cuando mi madre cerró sus ojos para siempre. Mis hermanas, que apenas si se habían despegado de su ala, abrazaban entre sollozos su cuerpo inerte mientras nuestro padre, en un momento de cordura —o de generosidad extrema—, tras los días de tensa espera de un milagro que no llegaba, llenó un morral con una hogaza de pan y varios pedazos de tocino y, entre otras muchas cosas, me dijo, con los ojos más tristes que nunca le hubiera visto, *Diego, hijo, ve a los muelles del Guadalquivir. En el océano estas fiebres no te alcanzarán, hijo. Hazte un futuro, en las Indias si es menester.*

Tras años y generaciones cultivando unas tierras que apenas producían, las palabras de mi padre me sorprendieron. Si no trabajando los campos, yo me hubiera visto bregando en uno de los talleres donde se fabricaban dagas, cuchillos y azagallas, y que se habían multiplicado por la ciudad. Pero las noticias corrían, si cabe, más rápidas que las fiebres que se cobraban vidas casi a diario, y era bien sabido que Sevilla se había convertido en una ciudad de oro, con naves que arribaban de las Indias cargadas del preciado metal, y de alhajas que podrían iluminar la ciudad entera si fuesen reflejadas por el sol.

Y así, tras dar a mi madre cristiana sepultura, con el corazón saliéndoseme del pecho de congoja y de ansiedad, ese mismo día marché en dirección al sur.

El «*Sanctus, Sanctus, Sanctus*» que entonó el coro me sacó de mis pensamientos, si bien no del recuerdo de mi madre y de las palabras de mi padre, que me acompañaron durante la consagración de la hostia y el reparto de la comunión —*los momentos más sagrados de la santa misa*, en palabras que recordaba de boca de mi madre—. Y no fue hasta que se inició el acto oficial de la encomendación de la armada y la entrega de las órdenes que volví a mi realidad: a la iglesia de Santa María de la Victoria, donde me encontraba y donde en ese mismísimo instante el correo real, llegado de Barcelona, entregaba al capitán general Fernando de Magallanes el estandarte del rey Carlos, encomendándole la tarea de emprender viaje a tierras desconocidas para gloria y beneficio de España. Acto seguido, los cuatro capitanes que le acompañarían juraron obediencia al rey y a las leyes de Castilla. La fragancia de incienso había invadido el templo, y quizá embriagado por la misma, o por la solemnidad de la ceremonia, alcé mis ojos y recorrí las gruesas paredes de la iglesia, decorada para la ocasión con los coloridos estandartes de cada una de las cinco naves: la Trinidad, la San Antonio, la Concepción, la Victoria y la Santiago. Regresó mi mirada al altar cuando me pareció apercibir un titubeo en el juramento de obediencia de los capitanes castellanos a su —a nuestro— capitán general. Arrodillados frente a él, le juraban lealtad. Me sonreí en una mezcla de humor y de cinismo. Pronto sabría si lo que había escuchado sobre ellos era verdad, o si era mi compañero el que estaba en lo cierto.

Acabada la ceremonia, tras los capitanes abandonamos la iglesia todos los miembros de la tripulación de la armada de Molucas, con corazones henchidos y ansias de embarcar.

Arropado por el clamor de la multitud, observé al capitán Juan de Cartagena montar en su caballo. Con un golpe seco de sus talones en las ijadas, el animal alzó la testuz, resopló, e inició el trote, dejando atrás al capitán general y a los otros capitanes, provocando que el gentío le abriera paso y desvaneciendo de mí cualquier duda de que era a su mando al que quería navegar. Estaba bien claro a mis ojos que ese zagal con aires de superioridad y que creía saberlo todo no tenía ni idea de que nobleza, hidalguía y valor van de la mano, y Juan de Cartagena reunía todas esas cualidades. En ese momento, mi capitán tiró de las riendas con su mano derecha y el caballo, obediente, volvió sobre sus pasos, colocándose detrás del capitán general. Y ciego sería si no atisbé a ver un leve respingo en la figura del capitán general Magallanes y una velada sonrisa en el rostro de Cartagena.

II

Estimo a mi señor, al que a veces llamo
    padre.
    Él sonríe cuando lo hago. Le gusta.
    Su hijo está lejos y yo,
        junto a él.

Por ley soy su esclavo, mas
      ¿quién paga un jornal a un esclavo?
      ¿Quién lo menta en su testamento
        haciéndolo libre?
Para el mundo soy un esclavo,
mas para mi señor
    como un hijo soy.

Con corazón encogido y rabia contenida
    tantas veces escuché
      las pujas.
En mi tierra primero, y después
en otras,
tierras a las que mis amos, uno tras otro,
    me arrastraron.
    Días de mar en el que llaman Índico,
    de una isla a otra
    sin saber ya bien
      de cuál venía
        a cuál me llevaban
      y en cuál me asentaría.

Propiedad de amos
en los que nunca sentí el menor atisbo
        de humanidad.
Cuando dejé mi tierra, mis padres,
            dejé de ser persona.

Hasta ese día, que no olvidaré mientras viva, de 1511.
El día en que
nací de nuevo
al cuidado de un portugués al que llamaban
        invasor. Para mí,
            mi salvador:
Fernando de Magallanes.

20 de agosto de 1519

¡Tú! ¡A ti te hablo!

Todo mi ser se paralizó al escuchar su voz, y caí rodando al suelo como el saco de harina que poco antes había doblado mis costados. En un respingo, me llevé la mano al antebrazo, al que había ido a dar la punta de su bota con toda su fuerza. A pesar de la reputación que en los pocos días que llevábamos en Sanlúcar se había creado, no tenía miedo a Sagredo. Se había empachado del poder que su cargo de alguacil de la San Antonio le otorgaba, pero yo, Diego García, solo temía a Dios.

Señor… acerté a decir, con apenas un hilo de voz. *¡A sus órdenes, señor!*, repetí, a sabiendas de que no me había oído la primera vez, mientras a malas penas intentaba ponerme en pie, temiendo que un nuevo bramido atrajera la atención sobre nosotros o que en su ira me lanzara otro de sus puntapiés, o algo peor. Sagredo se alzaba a mi lado, sus casi seis pies de altura ocultando el sol, que poco antes me amodorraba.

Tras un largo viaje a pie desde Toledo, había llegado a Sevilla hacía solo unas semanas, con los pies cubiertos de ampollas y sin saber muy bien a dónde ir. Como un peregrino, había arribado hasta su puerto, y vagabundeado por los muelles del Guadalquivir, sin ninguna idea de cómo enrolar en algunas de las

21

naves que partían hacia las Indias. Había mucho movimiento y algarabía en los muelles, muchachos canijos y hombres fornidos yendo con prisas y cargas de un lado para otro, con el telón de fondo de varios de esos imponentes barcos que llamaban naos y que a mí me parecían monstruos marinos arribados de otro mundo. Mozos y siervos se afanaban en sus alrededores, cargando y descargando lo que me parecían, y sin duda lo eran, preparativos para próximas partidas. Las pocas provisiones que había llevado en el morral se me habían agotado bien antes de entrar en Sevilla, y muy a mi pesar y mi vergüenza, había mendigado en un par de ocasiones, desesperado por llevarme algo a la boca. La única agradable sorpresa de escarbar el fondo del morral vacío, desesperado por agarrar bajo las uñas las últimas migajas de pan, había sido la navaja que encontré, bien escondida en un doble bolsillo. Al tantearla pensé que mi padre la había puesto ahí para ayudarme a partir los víveres. Mas así que pasaban los días me di cuenta de que era para mi protección que lo había hecho; más de una vez había asido su mango con intención de usarla si era menester. Porque Sevilla se había tornado una ciudad rica, y junto a ilustres personajes, capitanes, marinos y oficiales, se citaba en sus calles y tabernas una chusma de maleantes, pedigüeños, ladrones y rameras, a los que en más de una ocasión tuve que mostrar que conmigo no se harían. Fue así que, encontrándome una tarde mendigando, tan muerto de hambre estaba, miré a otro como yo y me dio espanto. Desperté a la mañana siguiente con los primeros rayos, tirado a la puerta de una taberna, y decidí que era hora de tomar un trabajo decente, en tierra o en mar, para honor mío y orgullo de mi padre.

Fue así que entré en el local, y seguro parecía desorientado, porque una moza me asió del brazo y me llevó a una mesa, y antes de que rechistara, presionó con sus manos sobre mis hombros y me sentó, trayéndome acto seguido un vaso que procedió a llenar con el agua de la jarra que descansaba en su cadera. *Es lo único que te daré gratis,* dijo, *porque pareces perdido y me das lástima.* Y se alejó a servir a otros comensales.

Bebí el agua con gana, aunque el agujero que sentía en el estómago no lo llenaba el líquido. Miré a mi alrededor. Era aún temprano y la taberna no estaba muy concurrida. Solo unos pocos hombres, que parecían de mar, charlaban en una mesa del fondo. Bajé la mirada cuando me percaté de que uno de ellos se fijaba en mí. Al momento oí sus pasos y en un instante sentí su presencia a mi lado. *¿Tienes hambre?* Levanté algo el mentón, aún sin mirarle directamente a los ojos, y asentí. El hombre levantó con sus dedos mi barbilla y me obligó a mirarle a los ojos. De buena planta, fuerte y de rostro amable, alzó levemente la mano y al instante la moza que me había servido el agua estaba de nuevo a nuestra vera. *Dos raciones de ternera y dos vinos,* le ordenó. *Y para ti*, dijo, esta vez mirándome, *una buena dosis de orgullo.* Asentí mecánicamente y le sostuve la mirada.

¿Ternera? No recordaba la última vez que la había probado. Mi boca comenzó a salivar. ¿Quién era este hombre? ¿Y qué quería de mí? Nadie invitaba a ternera a un desconocido sin motivo.

La tabernera trajo una cesta de pan, seguida de dos vasos de vino y, por fin, dos cuencos humeantes de guisado de carne nadando en un caldo con patatas y col. Hundí mi cuchara en el plato, absorto en su contemplación, y me la llevé a la boca. Lancé un bramido y escupí el caldo en el cuenco, lamentando mi lengua escaldada y cayendo en cuenta de pronto en mi falta de modales. El hombre se rio de buena gana. *¡También vas a tener que aprender paciencia y sosiego si pretendes pasar meses en el mar!* Le miré incrédulo. *¿En el mar?* El hombre siguió hablando. *Para eso estás* *aquí, ¿no es así? Para alistarte en la armada de Molucas.* Juro que no sabía de lo que me estaba hablando, pero asentí con convicción. El hombre sacó un cuaderno. *Tu nombre. Diego García, señor. Procedencia. Toledo, señor. Toledo, tierra de sabios,* dijo, *y de mejores espadas. Bueno, Diego García, ¿has navegado alguna vez?* Negué con la cabeza. *No, claro. Demasiado joven. A ver: ¿qué sabes hacer?* Enmudecí. Yo no sabía nada de navegación. Ni siquiera había visto nunca el mar. Mi futuro se estaba viniendo abajo antes de comenzar. Y entonces —de seguro fue mi madre desde los cielos—, una luz se prendió en mi cabeza, *Sé leer y escribir, señor.* El hombre levantó la vista del cuaderno. *Por supuesto. De Toledo.* Y me dedicó una amplia sonrisa. *Comenzarás como mozo. Después, ya veremos.* El hombre se levantó de la mesa sin probar bocado y extendió su mano hacia mí, apretando la mía con fuerza. *Gonzalo Gómez de Espinosa. Reporta a la San Antonio en cuanto acabes de yantar. Y haz por más de no lastimarte, que solo nos sirves entero.*

Y así fue como ese venturoso día de mi encuentro con el alguacil mayor Gómez de Espinosa, entré a formar parte de la gloriosa tripulación de la armada de Molucas, reportando a diversos oficiales y sufriendo el acoso del alguacil de la San Antonio, la nave que a partir de ese día sería mi hogar.

Entre Sagredo y Gómez de Espinosa había tantas similitudes como entre un águila y una babosa, a saber, ninguna. Ni en presencia, ni en porte, ni en modales. El alguacil ya se había hecho notar, y respetar, a su manera, en el viaje a Sanlúcar desde Sevilla por el río Guadalquivir. *¿No hay suficiente trabajo que te encuentro holgazaneando?* bramó en uno de esos primeros días. Me apresuré a recoger mi morral y, con profusas disculpas, reculé para alejarme de él y unirme a los que continuaban cargando provisiones en la bodega. Porque si me había encontrado, como él decía, holgazaneando, no fue sino porque ya nos habíamos ocupado de esos menesteres antes de partir de Sevilla, hacía semanas. Ya entonces pensé que tal cantidad de alimentos, vino y agua, armas y baratijas, iba a hundir las naves antes de zarpar. Yo no sabía de planificar para una aventura de aquel calibre, pero sí podía asegurar que la bodega llevaba mucho más de lo que unos meses de navegación iban a requerir. Porque cuando enrolamos nos habían dicho que lo hacíamos para unos meses —¿dos, ocho, diez? No habían sido a tal punto precisos—. La San Antonio era la mayor de las cinco naves que conformaban la flota, pero aún tenía que dar cobijo a más de cincuenta hombres y al equipaje del capitán, que, había contado esa misma mañana, ascendía a cinco baúles. Vi al alguacil dar un puntapié a la saca de alubias que me había servido de provisional camastro, balbucir un juramento que mi madre no me permitiría repetir, y partir por donde había llegado, haciendo notar su presencia y autoridad.

Mejor en las nubes, ¿no es cierto? Concentrado como estaba en poner distancia entre el alguacil y mi persona, no me percaté de la presencia del hombre. *¿Las nubes?* repetí, sin entender. *O las estrellas. Pero esas se verán mejor a la noche. Andrés de San Martín,* se presentó, extendiendo su mano. Debía haber adivinado quién era, o al menos, quién no era. Su aspecto culto y refinado distaba leguas del de Sagredo y, sin duda, me recordaba más al de Gómez de Espinosa, a quien, por cierto, solo había visto en un par de ocasiones desde nuestro primer encuentro, en la taberna de Sevilla. Como alguacil mayor de la armada, él viajaba en la Trinidad, con el capitán general. *Usted nos va a guiar por las estrellas, ¿no es cierto?* dije, adivinando al astrólogo de la expedición. El hombre sonrió, y era una sonrisa sincera. *Yo suelo mirar mucho al cielo, y por lo que veo, tú también.* Bajé la mirada, algo avergonzado, pues era obvio que me había pillado mirando las musarañas. *Te he estado observando, y no me hagas muy bien decir porqué, pero me inspiras confianza. Y por lo que he averiguado, sabes leer y escribir.* El hombre dijo esto a la vez que colocaba su mano sobre mi hombro. Estaba claro que Gómez de Espinosa le había informado sobre mí, y me sentí ruborizar un poco. *Necesito un mozo.* El corazón casi me dio un vuelco y, de repente, se me olvidó el percance con Sagredo. Fue entonces mi turno de sonreír, y con satisfacción que no podía contener, dije por segunda vez ese día, pero a distinto cristiano *¡Diego García a sus órdenes, señor!* con tal entusiasmo que mis compañeros de faenas se giraron al tiempo, mirando con recelo. Con un ademán de San Martín, le seguí hasta su cabina, a cuya entrada descansaba su baúl. *Lo más valioso son los instrumentos. Trátalos como si de un recién nacido se tratara.*

Pasé el resto del día moviéndome al son de las instrucciones de mi señor, colocando aquí astrolabios, allá brújulas, sus pocas prendas bien dobladas, agradeciendo mi suerte y deseando partir. Solo faltaba el capitán general. En cuanto Fernando de Magallanes arribara de Sevilla, zarparíamos. Apenas podía contenerme.

III

Por fin vamos a embarcar.
Por fin el sueño de mi señor
    se va a hacer realidad.
Navegando este río, el Guadalquivir,
de Sevilla a Sanlúcar,
    apenas puedo creer que en pocos días
    nos uniremos a la flota,
        la armada de Molucas.

La verdadera aventura comienza ahora, Enrique,
me dice mi señor. Mas bien sabemos los dos
que la aventura comenzó hace años,
    frente al rey Manuel de Portugal.

Cuánto dolor le vi sentir
y sufrí en mi ser
    cuando el rey le dio la espalda.

Mi señor,
que le había servido fielmente durante años,
que había sido herido en batalla
    para traer gloria a Portugal.
    ¡Desde niño al servicio de su mismísima hermana,
la reina Leonor!
Ahora despreciado.

Mas ese fue el pecado de mi señor:

haber sido fiel al rey Juan de Portugal,
cuñado del rey Manuel,
      su predecesor

      y enemigo.

Mejor suerte tuvo mi señor en España
ante el nuevo rey.
      Un rey de apenas mis años, ¡decían que un niño!

Mas yo soy testigo: el rey Carlos es sabio como un hombre
      y escucha
      y calcula
          y sabe que la gloria y las riquezas llevan
            el nombre de mi señor.

Y yo, Enrique, escucho a mi amo
      y bendigo mi suerte
         y soy fiel a mi señor.

21 de septiembre de 1519

Entre salvas zarpamos con las primeras luces, cuarenta noches con sus días después de haber dejado Sevilla. La partida de Sanlúcar de Barrameda no podía haber llegado en más buena hora, pues ya los hombres se habían dejado demasiados cuartos en las tabernas, y las deserciones se contaban cada día.

Mis ánimos estaban calmados, pues la espera en puerto había significado más tiempo para aprender a servir a mi señor, para hacerme con sus hábitos y costumbres —y hasta con sus manías— y para, de rebote, aprender cuanto pudiere de su propio oficio. Atrás había quedado el acoso del alguacil, quien a veces aún me lanzaba miradas furtivas, mientras se ensañaba con los grumetes. *Cuídate las espaldas, García,* me había amenazado. Y desde entonces no me había alejado demasiado ni de mi señor ni de mi morral.

De vez en cuando me pellizcaba para cerciorarme de que todo era real. Yo, Diego García, que me había enrolado como mozo, había ascendido a asistente del astrólogo de la armada antes de zarpar. Aún no podía creer mi suerte, y solo la pude achacar a la encomendación que había hecho a la Santísima Madre antes de abandonar mi casa, en Toledo, hacía ya varios meses. Con lágrimas en los ojos había partido, con el recuerdo de mi madre en las entrañas y con las palabras de mi padre en el corazón. No olvidaba ninguna de las conversaciones que tuvimos mientras preparábamos mi partida: *Si escapas de las fiebres, hijo, vive para Dios, encomiéndate a la Virgen, y vive cada minuto como el último, siempre para gloria de Nuestro Señor.*

Por los caminos de Castilla tuve tiempo de ponderar lo que mi padre había querido decir, y aunque había mencionado las Indias, hasta se me cruzó por mente vestir los hábitos. Ahora estaba seguro de que había sido la Santísima Madre la que había guiado mis pasos hasta los muelles del Guadalquivir, la que había asido mi mano para firmar con pulso firme como tripulante de la expedición de Magallanes hacia las Indias y la que había puesto a Gonzalo Gómez de Espinosa primero, y a Andrés de San Martín después, en mi camino. La Virgen me había escuchado, y mi nuevo puesto, con un salario de quinientos maravedís al mes, era solo el inicio. La semilla ya estaba plantada en mi ser, y la simiente de la ambición había comenzado a germinar. Pero no solo por los oros y riquezas con los que todos los tripulantes de la armada retornaríamos a España. No, mi ambición era ahora de gloria: la gloria de la que gozaban los exploradores y navegantes antes que Magallanes y sobre los cuales mi señor me había instruido. Hablo de la gloria de Colón, y hasta de De Gama[1], por más que era portugués y con fama de cruel. Me empeñé en que en los largos días de navegación aprendería cuanto pudiere de las ciencias que mi señor dominaba, necesarias para guiarse en mares desconocidos. También me arrimaría a pilotos y maestres, para observar sus maniobras y hacerlas mías para el futuro. Con la mano en el pecho y los ojos en el cielo le juré a mi madre que me convertiría en el hombre de provecho que mi padre esperaba de

---

[1] El portugués Vasco de Gama fue el primero en llegar a las Indias por mar, en 1498, y descubrió el cabo de Buena Esperanza, al sur de África.

mí. Nuestro rumbo era ahora hacia las islas Canarias, primer puerto en el que, como era de hábito en todas las naves que partían de España hacia las Indias, repostaríamos.

IV

Vagamente familiares son estos mares,
      mas los recuerdos
          no son buenos.

Fue años antes, al poco de empezar
      a servir a Magallanes.
Apenas habíamos arribado
de Malaca
      a la noble tierra de Portugal.
Mi señor había estado instruyéndome en su lengua
      en los largos meses de travesía.
      En los muelles de Lisboa
      comenzaba a ponerla en práctica cuando
llegó orden del rey Manuel
      de partir con las tropas
      a Marruecos.

Nunca debíamos haber zarpado.
Debimos habernos quedado
en Lisboa, la tierra de mi señor.
      Mas las órdenes del rey
      son para ser cumplidas
         y punto.

Quinientos barcos con trece mil soldados a pie
y dos mil a caballo.
La más poderosa fuerza militar salida de Portugal

con el fin de detener
la rebelión en Azamor.

Mi señor salió malherido y
de por vida arrastraría
la cojera que una traicionera lanza le produjo.
Mas no fue eso lo peor que le acaeció, pues
la mala suerte le acompañó, siendo acusado
—¡falsamente!—
de robo y traición a la corona.

Por eso digo
sí, estos mares me son familiares,
y sus recuerdos tristes.

Mas si la gesta fue en sí penosa,
en mala hora mi señor regresó a Portugal.
Ladinos acusadores
alertaron al rey Manuel,
y Su Majestad le obligó a regresar
a Azamor.

Y ni con su nombre limpio de sospecha
le valió al rey.
El desdén a mi señor
fue humillante
hasta para un salvaje
como yo.

Es así que meses después, y tras haber mi señor
arreglado sus asuntos

en el mes de octubre del año 1517
abandonamos Portugal para siempre.

España tiene un nuevo rey. A él presentaré mis servicios.

Orgulloso de su linaje,
aguerrido en la batalla,
resuelto en sus decisiones,
su determinación
no tenía igual.
A mi señor no le impresionaban los rangos
ni se dejaba abatir
por las circunstancias.

Yo agradecía cada día servirle
y aprender.

26 de septiembre de 1519

Eran las Canarias islas españolas y, según había oído, la última tierra firme que pisaríamos en largo tiempo. Tras seis días de navegación llegamos a Santa Cruz, y fue entonces, cuando puse mis pies en puerto, que pensé seriamente en abandonar la expedición allí mismo, olvidarme de riquezas futuras y convencerme de que yo no estaba hecho para aventuras marítimas. Y debo decir que no hubiera sido yo el primero en abandonar en esas islas. Desde nuestra partida de Sanlúcar sufrí el mal del mar, y pasé la mayor parte de los seis días vomitando las raciones diarias de sardinas, galletas y vino, y maldiciendo el día en que me enrolé. Cuando ya no quedaba nada en mis entrañas por sacar, pegaba mi cuerpo al cálido suelo de cubierta y me dejaba adormecer por el vaivén de la nave y por mis acompasadas arcadas vacías. Y así hasta la siguiente ración, un día tras otro, en que el proceso se repetía.

San Martín hizo honor a su nombre con una paciencia de santo, y se las arregló para servirse por sí mismo y no reemplazarme por ninguno de los otros mozos, entre los que había de los que habían pasado sus cortas vidas pescando en estos mismos mares y cuyos cuerpos estaban ya hechos al constante baile de las olas. *Te necesito a ti, Diego de Toledo. Ah. Toledo. Tierra de sabios.* Así que tuve que agradecer a mi lugar de nacimiento, que no a mis conocimientos en ninguna de las artes que atraía a mi ciudad a tanto maestro y erudito, el conservar, aun en estos mis bajos momentos, el puesto en el que apenas me había podido estrenar.

Mas como no hay un mal que cien años dure, la llegada a Santa Cruz significó el final de mis penurias y el estreno formal en mis funciones. Y en aquel día, esas funciones se reducían a limpieza general de la cabina de mi señor y a llevar un mensaje al piloto de la Trinidad, en cuyo menester estaba cuando oí el rugido.

¡Si no fueras el protegido de San Martín, limpiando letrinas te tendría todo el día! ¡Holgazán! No hice caso al amargado de Sagredo, que me gritaba desde cubierta. No me podía hacer nada desde donde se encontraba, ni tampoco mientras no estuviera yo violando ninguna norma, de las que buena cuenta nos había dado el capitán cuando el primer día de navegación leyó, página tras página, el documento redactado por el mismo rey. Las quejas y juramentos de toda la tripulación —al menos de los que entendían el castellano, pues había mucho forastero a bordo—, no se hicieron esperar, y ni el mismo Cartagena había podido terminar de leerlas, tal era la minucia que en ellas se detallaba: de cómo cada barco debía hacer el saludo al capitán general cada noche; de los cantos que debíamos realizar a cada vuelta de las ampolletas, ¡y que eran a cada media hora!; el orden de las guardias y cuándo y de qué modo se debían hacer los relevos, así como quién debía estar a cargo de cada cual. Como mozo del piloto y astrólogo, yo haría las guardias con San Martín, desde medianoche hasta antes del amanecer, cuando las estrellas más brillaban. Mas debido al mal que me había afectado, aún no me había estrenado en esa tarea.

38

Bajar a puerto y pisar tierra firme me hacía bien, y como no era ninguna ofensa, alcé los ojos y le dediqué a Sagredo una sonrisa, cínica para mis adentros, mientras me ponía la palma abierta detrás de la oreja y negaba en señal de no oírle. Surtió efecto, porque el alguacil me despidió con un aspaviento antes de girarse y desaparecer de mi vista.

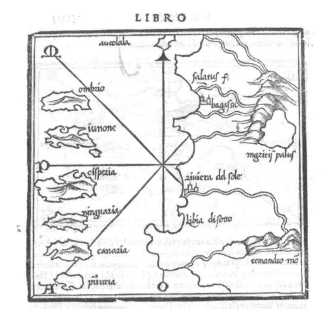

V

No ha pegado ojo en toda la noche.
Lo sé porque aun descalzo, sus adolecientes zancadas
    retumban en mis oídos y le oigo
        suspirar
           y jurar.

Esa carta que hoy llegó de Sanlúcar
no es de su señora, Beatriz.
No son noticias del nacimiento de su segundo hijo.
Aun así, le pregunto,
¿Es de la familia, señor?
Para mi sorpresa
    he adivinado: carta de don Diego Barbosa,
    padre de la esposa de mi señor
        y hoy mensajero de malos augurios.

Enrique, pluma y tinta.

Le acerco los útiles y me quedo a su lado
    mientras escribe.
Leo las palabras que dirige a don Diego,
tranquilizándole,
    Andaré muy sobre mí
y asegurándole que no dará a los capitanes españoles
    motivo de revuelta contra él,
    pues todos han jurado
        al emperador y rey de España.

Tomo la carta llegada hoy. Mi señor mira y asiente.
Leo.

Le cuenta don Diego que desde antes de partir
esos fanfarrones han planeado
    derrocar a mi señor.
    Matarle si es necesario.
    Y el rey portugués ha enviado una flota
        para interceptar nuestra expedición.

Me estremezco.
No temas, Enrique. La Virgen me protege.
    Mas si algo me sucediera
    tú serás hombre libre. Bien sabes
        que por escrito lo dejé.

Sella su carta y la pone en mis temblorosas manos
después de guardar la de don Diego
    a buen recaudo.

Ve.

3 de octubre de 1519

Levamos anclas a medianoche, en dirección suroeste. Nos acomodamos en la toldilla: mi señor, sumido en sus mediciones, y yo, perdido en las estrellas y el murmullo de las olas que acariciaban el casco. La luna me devolvía un reflejo espectral de la nave en las negras aguas, y me estremecí al pensar en esa clase de navegantes de los que había oído hablar, los que no buscaban gloria, sino la riqueza fácil a costa de la sangre de los valientes, los que llamaban piratas. Dios quisiera que no nos encontráramos con ellos. Mas por conversaciones que había escuchado a bordo, sabía que los navegantes portugueses podían ser rematadamente más crueles que los piratas. *Hum,* suspiró el astrólogo, sacándome de mi ensoñación. *¿Ocurre algo, señor?* pregunté. *La Trinidad está alterando el rumbo... No es lo que se había acordado,* fue la respuesta de mi señor.

Al instante escuchamos los pasos vigorosos del capitán abandonando su cámara y, antes de que nos diéramos cuenta, estaba a nuestra vera, demandando a mi señor qué demonios estaba ocurriendo. En la oscuridad de la noche pude ver sus ojos encendidos y oír su bufido. *Estoy tan sorprendido como usted, mi capitán,* se excusó San Martín. *Precisamente estaba...*

Cartagena golpeó la barandilla con su puño antes de embalarse escaleras abajo en dirección al timón, dejando a mi señor con la frase colgando. *¡Mafra! ¡Elorriaga!* gritó Cartagena al piloto y al maestre. *¡Por qué demonios estamos navegando en dirección sur!* El capitán estaba fuera de sí, y nadie sabía darle una explicación. Al instante, ordenó adelantar el saludo nocturno a la Trinidad y al capitán general. La luz del farol mostró su rostro claro de caballero español tornado escarlata cuando Magallanes asintió al saludo, pero no dio ninguna explicación al cambio de rumbo, y oímos al capitán general replicar que lo único que debía hacer la San Antonio era seguir a la bandera de la Trinidad por el día y a su farol por la noche. *Ese portugués pendenciero. Lo pagará caro* fue lo último que oímos a Cartagena decir antes de que se encerrara en su cámara.

Durante días evité cruzarme en su camino y me esmeraba en preparar platos de larga elaboración para mi señor, apartado así, cerca del fogón, del alcance de Cartagena. Compadecía a los marineros que tenían que soportar su furia, particularmente tras el atardecer, cuando comenzaba su guardia. Por fortuna, el mar era bueno y la navegación constante, y habíamos hecho muchas millas desde que Magallanes alterase el rumbo, hacía ya dos semanas.

La ira del capitán de la San Antonio pareció amainar con el transcurrir de los días. Mas esa aparente paz solo fue sustituida por la furia del mar y los cielos, que nos sobrevino casi sin aviso. Solo el capitán pudo en esos días gozar de un lecho seco en donde dormir, cada pie cuadrado de cubierta encharcado como estaba. Ni uno solo de nuestros pertrechos se salvó de empaparse. Tal era la bravura de la tormenta que allí nos sentimos morir, y el capellán nos encomendó a la Santísima Virgen y a san Elmo, el santo patrón de los marineros.

Y en buena hora fue que, cuando nos disponíamos a cortar los mástiles, presas de nuestra desesperación, el santo hizo su aparición en forma de antorcha en la punta del mástil mayor, donde permaneció por más de dos horas, tras lo cual desapareció, dejándonos ciegos por un tiempo que pareció sin fin. Cuando recobramos la visión, la tormenta amainó. Con todos mis compañeros, hinqué las rodillas en el suelo y alabé al Señor.

VI

He oído, señor, que los ánimos de los capitanes
*   están embravecidos.*

Anticiparme a su frustración es mi arma, Enrique.
Tengo que saber
*   cuándo van a atacar*
*   para doblegarlos.*

Habían pasado semanas, mas sus palabras
reverberaban en mis oídos cuando fui testigo
    del apresamiento del capitán de la San Antonio,
Juan de Cartagena.
        Sus ojos color del cielo escupían odio al grito de
            ¡Sed preso!
        de mi señor.

Fue entonces cuando entendí que
el cambio de rumbo
que mi capitán ordenó cuando partimos de las Canarias
tuvo un doble fin:
        evitar a las naves portuguesas y
            provocar a los capitanes españoles.

Mi señor había conseguido los dos fines
    con éxito.

Así es como ocurrió:

A las tormentas de las que san Elmo nos salvó
le siguieron tres semanas de un mar
     como un espejo.
     Inmóvil.
     Salvo por las extrañas corrientes bajo su superficie,
fantasmas
       que nos portaban.

Avanzábamos media legua
     para recular un cuarto.
     Las velas lánguidas colgando de las vergas,
     abrazándose a los mástiles
       se negaban a llenarse.
Sardinas en un secadero,
así éramos en cubierta,
       expuestos
       al implacable sol.
         Al sofocante calor.
       No había lugar en toda la nave
       donde escapar del ardiente
         castigador
          astro Sol.

Ni el alquitrán que sellaba los maderos de las naves
     pudo resistir,
      derritiéndose en ríos de tinta.
Los barriles reventaron y
     se perdieron
      litros de agua y vino.

Las provisiones de comida
   se pudrieron
   con el agua de mar que se filtró en las bodegas.
El hedor de las letrinas ascendía hasta cubierta,
   e impregnaba el de por sí asfixiante aire
   que respirábamos.
Las raciones se redujeron.
   Las peleas aumentaron.
Explosiones de ira,
   de aburrimiento,
      que acababan
      tan rápido como comenzaban,
      nadie con fuerzas
         para entablar batalla.

Mas cada noche sin falta
los capitanes repetían su saludo a mi señor,
   Dios os salve, señor capitán general y maestre, e buena
compañía.

Hasta el día en que el capitán de la San Antonio, Juan de
Cartagena,
   negó el saludo nocturno a mi señor.
      Y tras ese día, otro.
      Y otro.
      Y otro.

Demasiado paciente con él he sido.
Los capitanes que no respetan a sus superiores,
      solo crean insubordinados.
Mas el protegido del obispo Fonseca

no tiene quien le proteja en alta mar.
Leyendo mis pensamientos, Magallanes continuó.
A su tiempo.

Ese tiempo llegó pronto,
y fue gracias a la calma de la mar
    que mi señor pudo llevar aviso a los capitanes de las naves
    de una reunión en la Trinidad:
        una corte marcial.
El acusado:
    el maestre de la Victoria, pillado *in flagrante delicto*
        con un marinero.
    La pena:
        muerte.

Acabado el juicio y dictada la sentencia,
    Cartagena aprovechó la reunión para
        incitar al motín.
    Insolente,
    jactancioso,
        y hoy en claro acto de insubordinación.

Y así fue como mi señor
    saltó de su silla,
    le agarró por la camisa
y apresó al capitán de la San Antonio,
    veedor de la flota de las Molucas,
    persona conjunta con el capitán general,

protegido del obispo Fonseca[2],
y hoy en grilletes.

---

[2] Obispo de Burgos y vicepresidente del Supremo Consejo de Indias, íntimo de la familia real y con gran influencia en la corte, era el protector de Juan de Cartagena, para quien había procurado el puesto de inspector general de la flota.

20 de noviembre de 1519

Los días crecieron en semanas desde que quedamos inmóviles en medio del océano. La bravura del mar había dado paso a una calma enfermiza, como si los elementos estuvieran jugando a capricho con nosotros como piezas de un juego de mesa, ora bamboleándonos, ora probando nuestra paciencia. Y la paciencia fue mermando con el transcurrir de los días. Pulíamos los cobres hasta dejarlos relucientes como el oro, y los suelos hasta que podíamos patinar descalzos sobre ellos. Limpiamos y reparamos velas que colgaban, rendidas, de los mástiles y vergas. Al día siguiente, las mismas labores, bajo un sol que, cerca del ecuador, como nos encontrábamos, se tornó insoportable. Liberados de los jubones, los torsos sudorosos de todos los tripulantes soportábamos solo minutos de trabajo intenso antes de languidecer, e incluso el capitán fue despojándose de las capas de ropajes que había paseado con trapío hasta ahora. Sus mozos y grumetes le seguían de proa a popa, de babor a estribor, abanicándole con pliegos, a veces turnándose en una tarea que nadie envidiaba.

Tras dos semanas de calma en los mares, que no en nuestros ánimos, los capitanes comenzaron a reunirse. Un día eran Cartagena y Quesada visitando a Mendoza en la nave Victoria, otro día Quesada haciendo de anfitrión a Mendoza y Cartagena en la Concepción. Magallanes no estuvo nunca invitado, lo cual no me sorprendió. Cartagena hacía gala de su desprecio por el capitán general, y siendo los capitanes de las otras naves castellanos como él, de seguro compartían ese desprecio.

El ánimo de Cartagena mejoró tras estas visitas, e incluso alabó los platos que yo había preparado, junto con sus mozos, el día en que él fue el anfitrión de los otros capitanes. Lo que quiera que hablaran está claro que le hacía bien, y llegué a agradecer la calma de los mares, sol ardiente y todo, por haber traído paz de espíritu a nuestro capitán.

Mas como la paz es siempre temporal, su fin llegó. Fue el día en que el capitán de la Santiago, Serrano, acusó a su maestre, un tal Salamón, de una ofensa imperdonable: había este sido sorprendido en acto indecente con un grumete. De inmediato, Magallanes convocó a los cuatro capitanes y a algunos maestres para, se rumoreaba entre la tripulación, una corte marcial. Una corte marcial, me enteré, acababa generalmente con el acusado condenado a muerte. Temblé, pensando en quién podía ser el tal Salamón y en su final. Lo que nunca pude imaginar, a pesar del odio que Cartagena sentía hacia Magallanes, fue que el propio Cartagena acabara apresado y esposado. Cómo podía haber acontecido, qué graves hechos habrían acaecido en esa reunión para que, sin ser Cartagena el acusado, hubiera acabado no solo arrancado del mando de la San Antonio, sino reducido a la condición de un criminal cualquiera.

La noticia llegó con sorpresa, y también con bienvenido alivio, a los ánimos de los tripulantes de la San Antonio, yo mismo incluido. El capitán Cartagena había resultado ser más fanfarrón de lo que en un viaje de esta naturaleza uno podía soportar, y su altanería y cambios de humos habían electrizado el ambiente desde la partida. Durante las semanas que llevábamos de travesía había presenciado y sufrido sus desmanes, su soberbia y su orgullo. Más de una vez recordé la conversación que en la iglesia de Santa María de la Victoria tuve con aquel muchacho, y me alegré de no viajar en la misma nave que él, pues hubiera sido yo hoy objeto de su mofa.

Hoy me alegraba de no viajar ya al mando del gallardo capitán que había admirado meses atrás. Lo que me importaba era que nuestro capitán general, Fernando de Magallanes, ayudado por mi señor, San Martín, encontrara la dichosa ruta, el paso que nos llevaría derechitos a las riquezas de las Molucas, las islas de las Especias.

Un nuevo capitán fue asignado a nuestra nave, y mi señor no pudo ocultar su decepción: el honor había recaído en Antonio de Coca, contable general de la flota. *Es como entregarle astrolabes y cuadrantes a un grumete y pretender que nos guíe*, dijo el astrólogo. Le miré sin decir palabra, mi orgullo herido, pues yo mismo era un aprendiz en el uso de tales instrumentos de navegación. Mas mi señor entendió, pues repuso al instante, posando una mano sobre mi hombro, *Tú eres listo, Diego. Aprendes rápido*, y añadió, *Vamos a confiar en la sabiduría y juicio de nuestro capitán general.*

VII

Por un instante he temido que ese indeseable capitán,
Juan de Cartagena
      navegara en nuestra nave, la Trinidad.
      Mas de nuevo mi señor ha hecho gala de sabiduría
      al entregarle al capitán Mendoza, de la nave Victoria,
      al prisionero.

La buena suerte nos mira ahora de cara
y la brisa sopla en las velas,
      meciéndolas,
          llenándolas,
              tensándolas en sus vergas.

Rumbo oeste nos dirigimos
al fin
      en busca del *paso*,
      que mi señor augura, está solo
      a cuestión de días.

Mas no es el *paso* lo que encontramos.

      ¡Tierra!

Al grito del vigía
subimos mi señor y yo a la toldilla,
desde donde vemos a la tripulación
      saltar,

llorar,
　　gritar,
　　　　abrazarse,
　　　　　　mirar al cielo
　　y agradecer a Dios este regalo.

Mi señor sonríe, hincha su pecho y
　　ordena navegar siguiendo la costa.

Ese mismo día, 29 de noviembre del año 1519
nombra a Francisco Albo, hasta hoy oficial,
　　piloto de la Trinidad.
Ese día lo sabemos
　　pues tal es su alegría y su afán,
　　que comienza
　　　　a anotar en un diario.

¿Cuándo cree mi señor que será buena hora
　　para echar anclas
　　　　y amarrar en puerto?
A falta de cuatro vueltas de las ampolletas,
su turno de tarde no ha comenzado,
y hoy con más interés que en días y semanas pasadas
　　estudia sus mapas
　　　　y hace anotaciones.
A su hora, Enrique. A su hora.
　　El puerto al que vamos
　　　　bien merece la espera.

En días comprobaré que bien la merecía.

58

13 de diciembre de 1519

El paisaje ante nuestros ojos era espectacular; nunca había contemplado en las sierras cercanas a Toledo montaña de semejante forma: un pico que crecía, que nacía hacia los cielos, lleno como el pecho de las mujeres que, no tardé en comprobar, habitaban ese lugar paradisíaco[3]. Brasil llamaban a esas tierras donde atracamos y desembarcamos, y donde disfrutamos de los mejores días que recordábamos, y que recordaríamos, en largo tiempo. Fue cuando entrábamos en esa bahía que comenzó a llover, mas toda la tripulación siguió en cubierta, agradeciendo el agua fresca, que purificaba nuestros cuerpos, y admirando la multitud de canoas que acudieron a nuestro encuentro. Y aunque el alguacil se apresuró a ordenar tener preparados los cañones y arcabuces, no hubo necesidad de utilizarlos, pues estos nativos eran gentes pacíficas. Pude entrever un gesto de decepción en el rostro de Sagredo, siempre con ganas de guerra.

Magallanes bautizó a la bahía Santa Lucía, pues en esa festividad arribamos. Allí nos avituallamos de agua fresca, y de fruta y pescado, y fue entonces cuando vi la utilidad de las baratijas que habíamos cargado meses antes en las bodegas, y que tan inútiles me parecieron entonces. Así, trocábamos con los

---

[3] Se refiere al Pan de Azúcar, en Río de Janeiro.

nativos un anzuelo o un cuchillo por cinco o seis pollos, y un peine por dos patos; una campanilla nos proveía de pescado para diez.

Cuando nuestras necesidades más básicas se hubieron cubierto, los hombres buscaron saciar otra, en la que yo no había sido iniciado, lo que fue motivo de burlas por parte de marineros y grumetes. Mas aunque virgo, no era ciego a la belleza de esas mujeres salvajes ni estúpido de no saber lo que ofrecían. Las mujeres de Brasil parecían ignorar que andaban desnudas, o no les importaba: tan en armonía con la naturaleza vivían que, como los animales, no cubrían sus partes pudendas. Ni nuestro nuevo capitán, Antonio de Coca, pudo resistirse a sus ofrecimientos, y al cabo de los días nuestra nave era poco menos que un burdel: mujeres de toda edad entrando y saliendo, y recibiendo regalos a cambio de sus favores.

La misma situación se repitió en la Victoria, nave a la que mi señor, y yo con él, fuimos trasladados a los cinco días de arribar a ese puerto. Ni la ejecución de la pena de muerte a garrote del maestre de esa nave, que pocos días antes había sido juzgado en corte marcial, había conseguido calmar el desenfreno en naves y en tierra. Mas a mí me había dejado el estómago revuelto y con menos ganas, si cabe, de participar en el jolgorio.

Con el pensamiento de mi madre contemplándome desde los cielos pude resistir los avances de alguna de las más jóvenes, excusándome y escondiéndome, mientras los marineros se mofaban de mi falta de hombría. Escapando de sus burlas, desembarqué un día para explorar por mí mismo el lugar, y así pude descubrir cómo vivían esas gentes alegres y llenas de libertad y faltas de prejuicios. Adornados con los plumajes de coloridos pájaros llamados loros que solo allí había visto, un grupo de niños danzaba a mi alrededor, riendo ruidosamente, agarrándome y tirándome de las manos para mostrarme los alrededores. Los seguí entre sus risas y las mías. Andaba con cierta prevención, pero pronto me relajé al comprobar que, o eran gentes pacíficas, o el andar guiado por sus hijos de alguna manera me protegía.

Nunca había visto hombres de tal guisa: sus traseros, adornados con plumajes, y sus labios inferiores, perforados y engarzados con piedras que colgaban de ellos. Verlos e imaginarme el suplicio de sentir perforadas mis carnes para colgarles abalorios me produjo escalofríos.

Las casas de esos nativos, comunales, acomodaban a cientos, y sus camas colgaban suspendidas en el aire, con sus extremos sujetos a estacas. Hamacas las llamaban. Eran gentes alegres y generosas, y después de las semanas de hambre, sed y calor inaplacables que habíamos sufrido en la mar, seriamente se me pasó por la cabeza quedarme en aquel lugar para siempre, tal era el gozo y despreocupación que veía en sus gentes, bien lejos de la sociedad que yo conocía, complicada, prejuiciosa y con distintas clases de hombres, que a bien se diría que unos eran más hijos de Dios que otros, tal así se los trataba. A la mente me vino el, ahora prisionero, capitán Juan de Cartagena, quien, lejos de los que, había oído, le protegían en Castilla —dícese el obispo de Burgos, clérigo de alto rango y mayor influencia en la Corte—, no era ya nada y nada podía hacer por cambiar su destino en este lugar del confín del mundo.

Y más aún la idea de permanecer en esas tierras se hizo atractiva cuando, al poco de haber las naves atracado en esa fabulosa bahía, el piloto de la Concepción, un tal Juan Carvallo, se había encontrado con una mujer a la que había conocido en otro viaje años atrás, y con el hijo que había concebido ella entonces, un muchachito de unos siete años que desde ese día se unió a nuestra tripulación como mozo de su padre. Y bien se hubiera llevado Carvallo también a la madre del rapaz, si el capitán general lo hubiera permitido.

Esos eran mis pensamientos mientras regresaba a puerto, habiéndome podido desembarazar de los rapaces que habían sido mis guías durante todo el día, cuando Sagredo me asaltó. Sentí el peso sobre mi espalda, sin saber qué había caído sobre mí. Su manaza, apestosa, presionaba sobre mi boca y apenas si podía respirar. Alcancé en un zarandeo a morder la mano de esa bestia con toda la fuerza de mis mandíbulas, pero de nada sirvió, pues entre juramentos ya me había tirado al suelo y arrastrado a la vera del camino, fuera de la vista de cualquier entrometido que, rezaba, pasara por ahí.

Apestaba a vino, y no fue hasta que nos enzarzamos en una barahúnda de puños y patadas que distinguí al alguacil, bufando, *Creías que contigo no podría, ¿verdad, niñita? ¿Que ese papanatas al que sirves te salvaría aquí?* Estaba inmovilizado, su cuerpo me aplastaba, su aliento me ahogaba. *Ya sé que las mujeres no son lo tuyo. A mí se me da bien todo... No tengo manías.* Sus labios recorrían mi cuello. *Eres tierno como un mochuelo... Lástima que no estemos más cómodos.* Liberé una mano. La mano que me podía salvar. La mano que agarraba ahora el morral. La mano que, a tientas, encontraba y asía el cuchillo. La mano que se elevó y... *¡Hijo de perra!* Sagredo aulló de dolor, y sentí su peso resbalar de mis espaldas. Las manos que me habían engrillado aferraban ahora su muslo, e intentaba levantarse, mientras su sangre teñía de escarlata todo cuanto tocaba. Corrí como no lo hacía desde niño, cuchillo en mano, limpiándolo con el retazo de las calzas del alguacil que había quedado colgando de la hoja. Con las naves ya ante mis ojos, tuve apenas tiempo de guardar el arma en el morral y avanzar por la plancha de la Victoria, entre disimulados jadeos.

Mas en mi afán de alcanzar la nave que era mi hogar, y cegado por el terror de lo que acababa de vivir, no era la Victoria donde había embarcado, sino la Trinidad. Más me hubiera valido lanzarme al mar, pues en verdad que fui testigo de acontecimiento sin igual.

Recuperando la compostura y el aliento, mi primer pensamiento no fue para Sagredo, y fue debido eso quizá a la impresión que tuve cuando me vi a bordo. No había allí mujeres por doquier, como ocurría en la Victoria y en las demás naves. También los tripulantes eran bien escasos. Esto me hizo pensar que Magallanes imponía la norma por él establecida que prohibía las mujeres a bordo, y deduje que los hombres estaban en tierra, disfrutando de todas sus riquezas y de las bondades de sus gentes. Cierto era que antes de toparme con el alguacil me había cruzado con muchos de nuestros hombres, mas qué sabía yo de a qué capitán respondían. Me paseé por cubierta, observando y comparando, con el corazón aún acelerado por lo que había vivido instantes antes.

Era la Trinidad nave de envergadura comparable a la San Antonio, como no podía ser de otra manera, siendo como era nuestra nave vigía y donde el capitán general moraba y dirigía a nuestra flota. La Victoria era considerablemente de menor tamaño, mas con todo segura, y mi arribar a ella con mi señor había sido bienvenido por los dos. Aún desconocía la razón de nuestra mudanza, mas puedo adivinar que algo tuvo que ver San Martín, no muy confiado en que el capitán Antonio de Coca, allegado como Cartagena a la familia del obispo Fonseca, gozara de ese puesto más por sus poderosas conexiones que por sus habilidades y méritos propios.

Y fue así como estaba, abstraído en mis reflexiones, asqueado al recordar a Sagredo sobre mí, que escuché las voces airadas de varios hombres, provenientes de la cámara del capitán general. Mi corazón casi dio un vuelco cuando reconocí la grave e inconfundible voz de Cartagena, y acto seguido la de Coca, los dos capitanes, el depuesto y el presente, de la San Antonio. Me acerqué con sigilo a una de las escotillas, el volumen de sus voces y lo atropellado de sus palabras medrando. Vi a los capitanes discutiendo acaloradamente con Magallanes mientras Gómez de Espinosa y otros oficiales los sujetaban. La discusión acabó bruscamente con las palabras del capitán general, fuertes y claras, *¡Arrestadlos!*, que provocaron que dejara escapar un grito ahogado, por fortuna inaudible entre tanto otro vocerío y barahúnda. Seguí con el oído puesto, y fue así que supe que el delito que habían cometido había sido liberar a Cartagena de su arresto en la nave Victoria y conspirar los dos, junto con el capitán de la Victoria, Luis de Mendoza, para deponer a Magallanes.

No daba crédito a lo que acababa de escuchar. ¡De manera que Cartagena había estado apresado y cautivo en la Victoria, la nave que era ahora mi morada, y yo así y ahora me enteraba! Tuve un primer pensamiento de alivio por no haberme topado con él desde que mi señor y yo nos habíamos trasladado allí desde la San Antonio. Y también temí por estar ahora asignado a una nave al mando de Mendoza, un traidor. ¿Qué desgracias podía traer? Desde que contemplé a los cuatro días de arribar a esa bahía de Santa Lucía la muerte por garrote de Salamón, el maestre de la Victoria, supe que el capitán general no iba a tolerar ninguna insubordinación.

Y entonces pensé en Sagredo. Y en mí. Y me recorrió un escalofrío.

Temiendo que llegado ese punto la reunión iba a acabar pronto y bruscamente, abandoné mi posición con sigilo y presteza, y con intención de desembarcar de la Trinidad de inmediato. Contuve un grito al encontrarme de frente a un muchacho de piel morena que me impedía el paso.

¿Qué espías?

No espío, mentí. *Venía a buscar a mi capitán, mas oí voces y no quise interrumpir. Esperaba a que acabara la reunión.* El muchacho no parecía estar convencido con mi respuesta, pero antes de que pudiera reaccionar, la puerta de la cámara de Magallanes se abrió de golpe, y los dos nos quedamos como paralizados, contemplando la escena. Coca y Cartagena, en grilletes, salieron primero, seguidos del alguacil mayor, Gómez de Espinosa, del piloto de la Trinidad y de otros oficiales, que les sujetaban. Magallanes cerraba la comitiva.

Enrique. Mi cámara necesita airearse, ordenó Magallanes, su semblante tenso. Las arrugas que surcaban su rostro eran profundas, su piel tostada resaltaba la blancura de los pliegues, y su frente brillante estaba bañada en perlas de sudor. El muchacho de piel morena obedeció al capitán general, olvidándose por completo de mí. De hecho, nadie pareció hacerse cargo de mi presencia, lo cual aproveché para marcharme inadvertidamente de allí poco después de que lo hiciera la comitiva. Eché un último vistazo a Magallanes antes de que, renqueando, se encerrara de nuevo en su cámara.

Aunque le había visto algunas veces y su rostro siempre me había parecido austero, esta vez su semblante era duro, frío, casi despiadado. Temí por la suerte de Coca, de Mendoza y de Cartagena, y de nuevo el rostro del maestre de la Victoria, su garganta abrazada por el garrote y los ojos desorbitados en el rostro bermejo, me hicieron temblar.

VIII

¿Mentía ese muchacho que
    parecía tener mi edad?
Poco importa.
Si uno de esos traidores era su capitán,
    no lo es ya más.

La paciencia de mi señor se ha agotado
y no va a tolerar
    insubordinación ni
        el desmadre de la tripulación.

Celebramos la Navidad a bordo,
    de seguro todos dando gracias por dos semanas
    de abundancia, descanso y
        jolgorio.

Dos días más tarde,
aprovisionados,
reparadas las velas,
    solo las de trinquete nos llevan,
    con viento del norte,
        y de nuevo avanzamos
            en busca del *paso*.

Mi señor pasea por cubierta,
se detiene aquí y allá,
    sus instrumentos en mano.

Hace mediciones,
        retorna a su cámara
                consulta sus mapas,
        sus legajos.
                Resuella.

Con el saludo nocturno de los capitanes
intercambia medidas
con el astrólogo San Martín, ahora en la Victoria,
gracia concedida por mi señor.
        Y veo al muchacho de nuevo
        junto a San Martín.
                Sujeta el astrolabe del astrólogo.

Me mintió.

Es su mozo.

13 de enero de 1520

Habíamos dejado la gloriosa bahía de Santa Lucía dos semanas atrás. Supe por los chismes de a bordo que unos marineros habían hallado al alguacil de la San Antonio a punto casi de morir desangrado, y por la gracia de Dios había sobrevivido, pues la cuchillada que un malnacido al que no había llegado a ver le había infligido era del largo de un palmo. Se recuperaba ahora en la Trinidad, donde el cirujano velaba su herida.

Recibí la noticia con alivio, pues no hubiera podido sobrellevar en mi conciencia la muerte de otro cristiano, por más innoble y ruin que este fuera. Sagredo me había probado, y se había topado con mi ingenuidad. E inteligente fue de no acusarme, bien le había dejado claro que guerra tendría si la buscaba. Mas en tierra y en adelante me anduve con ojos en la espalda, pues no me fiaba de ese pendenciero y cavilaba sobre las ocultas razones por las cuales no me había delatado. Porque si de algo estaba seguro era de que esta me la guardaba.

Navegábamos con buenos vientos y con la bodega a rebosar. Mi señor aprovechó para seguir instruyéndome y yo, como esponja seca de conocimiento, asimilaba todo para saciar mi ignorancia. Dijo San Martín que buscábamos el cabo Santa María, donde, aseguraba Magallanes, estaríamos libres de la amenaza de un ataque portugués, habiendo en ese punto cruzado la línea de demarcación. Esta línea —me explicó San Martín mientras la trazaba con su dedo sobre un globo de la Tierra— era invisible, mas real, habiendo sido marcada por el propio papa Alejandro VI bien antes de que yo naciera. Me explicó San Martín que todas las tierras que hubiera al este de esa línea pertenecían a Portugal, y las que se encontraban al oeste eran propiedad de España. Me pregunté, mientras mi maestro hablaba, si las otras naciones allende nuestras fronteras, dícese Inglaterra, Francia o Germania, estaban conformes con ese trato, pues me parecía a mí de gran injusticia que otras potentes naciones no participaran del ágape. De buen seguro era fruto de mi ignorancia ese pensamiento, y mentes más inteligentes —y cuántas más luces debía de tener Su Santidad, habiendo sido elegido como lo era, a dedo, por el mismísimo Dios Todopoderoso— sabían de justicia más que este pobre mozo.

De todos modos, el pensamiento se disipó pronto y mi orgullo se hinchó a las palabras de mi señor, quien me reveló que al mando de Magallanes, la armada de Molucas buscaba llegar a las islas de las Especias navegando hacia el oeste, y demostrando que dichas islas quedaban en la parte española de la mentada línea de demarcación. ¡De modo que esa era la misión de Magallanes! ¡Ese era nuestro propósito y destino! Y para ello nuestro empeño en buscar el *paso* a través del Nuevo Mundo, descubierto por el almirante Cristóbal Colón años atrás, que nos conduciría allí. Y yo, Diego García de Toledo, navegaba con la flota que iba a llevar la gloria y la riqueza a mi país , y el orgullo a mi padre.

Llevaba días henchido de pundonor y de motivación cuando ocurrió el siguiente suceso, tras jornadas de boga en buena mar.

¡Montem video![4]

Las palabras del capitán general nos llegaron, llevadas por el viento. Un viento que se iba tornando fresco día tras día, no dejando recuerdo del bochornoso calor que disfrutamos solo semanas atrás. Hubo revuelo a bordo de la Victoria, y lo mismo se veía que ocurría en las otras naves. *¿Es el paso, señor?* pregunté a San Martín. El astrólogo oteó. Dudó. *Mmm,* fue su respuesta. La Trinidad dio paso a nuestra nave, la Victoria, y a la Santiago, pues éramos las más pequeñas y las aguas no eran profundas.

No tardamos en comprobar que las aguas por las que navegábamos no eran las de el *paso*, pues eran dulces como las del río Tajo, que abrazaba mi ciudad de Toledo. Mendoza ordenó limpiar los toneles y llenarlos con estas aguas, buenas para beber, tarea en la que nos empeñamos durante días.

Mientras las demás naves aguardamos en el estuario, Magallanes ordenó a la más pequeña, la Santiago, adentrarse y explorar el río. Dos semanas enteras empeñó la Santiago en esta tarea, y después de varias jornadas con las naves ancladas, los hombres que aguardábamos en la bahía ansiábamos bajar a tierra. Con los ánimos de nuevo a flor de piel, pronto se propagó la noticia, cierta o no, de por qué Magallanes no autorizaba el desembarco. El motivo: solo cuatro años antes, otro explorador español, Juan Díaz de Solís se llamaba, procuró explorar estas mismas tierras y, junto con sus hombres, había perecido, devorado por los indígenas que las habitaban. El solo pensamiento de ser mutilado o asado vivo me produjo arcadas, y fue cuando dejé colgar mi cabeza por la borda para aliviarme que

---

[4] Parece ser que de esta exclamación en latín, que significa «¡Veo una montaña!», la ciudad de Montevideo tomó su nombre.

vi la canoa. En ella, uno de esos indígenas se aproximaba, sin ningún temor, a la nave insignia. Allí varios marineros le ayudaron a embarcar. *Somos decenas contra uno,* musitó San Martín, habiéndose apercibido del temor en mi semblante, y para apaciguarlo. Tenía razón: vimos cómo el indígena regresaba a su canoa al cabo de un rato y cubierto con una capa color escarlata claramente castellana, sin duda regalo del capitán general. Remó presto a la orilla, donde le esperaban sus compañeros.

Después de dos semanas desde su partida, por fin arribó la Santiago de vuelta, confirmando que la prolongación del estuario no era el *paso,* sino un grandioso río[5]. Levamos anclas, dejando el río atrás y navegando rumbo sur. Mas no avanzamos muchas leguas, porque la San Antonio había sufrido una filtración y debíamos echar anclas de nuevo para repararla. ¡Dos días más de espera! Y los vientos de esta zona eran fríos. No en vano aún era seis de febrero, me recordó mi señor, y la primavera aún quedaba a más de un mes.

Reparada la avería, retomamos la ruta, y no fue más que pocos días más tarde que sufrimos otra tormenta, que trajo a mi mente el recuerdo de aquella otra, espantosa, que padecimos meses atrás, poco después de zarpar de las islas Canarias. Recordando los días enteros que me había pasado empapado hasta los tuétanos, al comenzar a caer el sol me apresuré a encontrar un lugar medianamente seco donde pasar la noche, quizá bajo la cubierta de proa. Tuve suerte y allí, entre otros grumetes que ya habían hecho suyo el estrecho hueco, me acomodé casi a codazos.

---

[5] El Río de la Plata.

Mas no hube sino cerrado los ojos, que mi cuerpo se elevó del suelo sin saber en ese momento porqué razón. Al poco escuchamos la voz que venía de cubierta anunciando que la quilla había chocado contra el fondo de estas aguas poco profundas. Demasiadas trabas en pocos días, pensé. Esto no parecía buen augurio. *¡Nada que temer!*, oímos gritar al maestre, *¡No ha habido ningún daño y podemos proseguir!* Pero yo me había desvelado, y por más que intentaba conciliar el sueño, la capa de agua que se había filtrado a cubierta y sobre la que descansaba mi cuerpo estaba calándome las ropas y llegando a los huesos. Unos hombres gruñían, otros juraban. Intenté ignorarlos, para no traerme problemas, pues ya una pelea a bordo se había llevado la vida de un marinero en la San Antonio días atrás. Y eso que Sagredo ya no servía allí. Intenté arrullarme, imaginarme en los cálidos brazos de mi madre…

«Duerme, Diego. Duerme. La primavera está cerca. Escucha los pájaros. Huele las flores. El aroma a azucenas…»

Qué lejano estaba todo.

IX

Mi señor frunce el ceño.
El paso.

Ya debíamos haberlo encontrado.
Otra bahía exploramos, mas solo por una jornada.
No es el *paso.*

Los vientos frígidos calan nuestra piel,
nuestras carnes,
llegan a nuestros huesos.
Nuestros dedos, yertos,
no responden.
Mas si la primavera se acerca,
¿cómo este frío gélido? ¿Cómo estos días,
que menguan
y no al revés?

El *paso.*
¿Existe?

Seguimos navegando hacia el sur.

Más tormentas. Vientos helados.
Granizo.
Hielo.

Mi señor patea su cámara,
sale a cubierta.

Los vientos lo empujan,
lo bambolean.
Se agarra a los palos,
a los aparejos. Y entonces vemos
    que no vemos los faroles de los otros barcos.
    ¡Los hemos perdido!

Días tardamos en reunirnos de nuevo, cerca de la costa,
    las cinco naves.
Días angustiosos
para mi señor.

Es entonces que avistamos animales,
    extraños patos
    que no vuelan. Con pecho blanco y lomo azabache,
    viven junto a otras bestias
        que se arrastran sobre su vientre,
        gruesas serpientes con cara de lobo que
        se empujan con manos que no tienen brazos
            y se sumergen
            en el mar.
        Parecen leones
            pero son de mar.

A esta bahía de los Patos mi señor envía a varios hombres.
Es menester encontrar carne, y agua, y madera.
Días de espera.
Y los hombres no regresan.

Mis ropas están encastradas en hielo,
la barba de mi señor cubierta de carámbanos.

Mis labios se abren
como grietas en terreno árido.
Sangran.

      Y los hombres están perdidos en esa isla.
      Muertos, lo más probable.

Mas Dios Todopoderoso en su misericordia infinita,
ha decidido preservar sus vidas
    y los hallamos
        medio congelados.

Esos leones de mar les dieron calor
    y los salvaron.
Qué ironía, pienso, pues solo al día siguiente
nos confesamos todos; yo con el padre,
      mas muchos se confiesan a otros
      y hacen promesas de donaciones y peregrinajes
      si Dios Todopoderoso, nos salva
        de la tempestad,
    peor que la anterior.

Mas llega otra tormenta.

Cada tormenta
    es más fiera
        que la anterior.
      Más violenta
        si cabe.

Al fin, Dios nos escucha y los mares y cielos
    se calman

concediéndonos un respiro
para fijar las anclas y prepararnos
para una nueva
tempestad.

31 de marzo de 1520

*P*ero *qué aguarda Magallanes para que demos la vuelta y tornemos a España? ¡Acabar con nosotros quiere!* Nuestro capitán, Mendoza, gritó lo que todos estábamos pensando durante días. Semanas. La última tempestad destruyó los camarotes de proa, y los de popa quedaron casi inservibles. No había un lugar a cubierto donde dormir, y el loco de Magallanes presionaba hacia el sur. El farol de su barco, que debíamos seguir cada noche, se había convertido en una pesadilla, pues nos estaba llevando al mismísimo infierno. San Martín se debatía, lo sé, pues aunque tenía que obedecer a Mendoza, a quien respondía era a Magallanes. Mas la frustración le carcomía, pues con los cielos cubiertos, cualquier medición de las estrellas era imposible.

La Pascua era al día siguiente, y los vientos helados no cesaban. Para entonces mi señor había conjeturado que, estando en latitudes del sur, no era la primavera lo que se avecinaba, sino el invierno. Si proseguíamos por este derrotero, de seguro moriríamos. Recé con todas mis fuerzas. ¡No quería morir! Solo tenía quince años, y aún no había llegado a tener en mis manos un grano de pimienta o una semilla de clavo.

Dios Todopoderoso y todos sus santos escucharon mis plegarias, pues ese día de sábado de vigilia pascual entramos en el puerto en donde nos estableceríamos durante los meses de ese invierno del sur. San Julián, lo bautizó Magallanes, pues ese día celebramos su fiesta, y tras enviar una delegación de hombres para buscar agua, comida y madera, el capitán general declaró que en ese lugar estableceríamos nuestro asentamiento. Salté de alegría, grité y bailé junto con otros mozos, grumetes y marineros de la Victoria. Y sin ver de dónde me venía, Mendoza se dirigió hacia mí y me calló la boca de un golpe de su puño, sus ojos encendidos de rabia. Sentí el hilillo caliente bajando por mi nariz, y el reguero de sangre empapando mi camisa. *Repararemos la nave. Eso es todo lo que haremos aquí. Y después…* Se alejó sin acabar la frase.

Y no fue hasta más tarde, cuando Magallanes ordenó disminuir las raciones y preservar las provisiones que nos quedaban para proseguir el viaje en la primavera, que entendí las palabras inacabadas del capitán. *¡El paso no existe, y ese loco de Magallanes no tiene arrestos para regresar a España! El rey de Portugal trajo deshonor a su familia y a su nombre, y si se presenta ante el rey Carlos de vacío, lo mismo le sucederá en España. Pero yo no voy a ser parte de esa locura. ¡No se puede llegar a las islas de las Especias navegando hacia el oeste! ¿Pretende acaso que carguemos las naves por tierra firme?*

Que Mendoza no tuviera intención de proseguir el viaje de Magallanes me inquietó, y así le manifesté mi preocupación a mi señor. *Fantasea*, me contestó San Martín.

Pero al día siguiente, Mendoza no acudió a la invitación de Magallanes a celelebrar la Pascua de Resurrección a bordo de la Trinidad.

1 de abril de 1520

La pública afrenta fue inconcebible, y de seguro no iba a quedar impune. En lugar de acudir a la invitación de Magallanes a festejar la Pascua con él y con los otros capitanes y altos mandos de las naves, tras la misa —a la que tampoco acudió—, Mendoza se reunió con algunos de ellos: con Quesada, capitán de la Concepción; con su maestre, Juan Sebastián Elcano, y hasta con el depuesto Juan de Cartagena. Nada bueno podía salir del desprecio y agravio al capitán general.

Con mi señor, había bajado a la orilla para participar de la celebración de la santa misa, ansioso, pese al frío, por alejarme de los oficiales rebeldes y del recuerdo del puño de Mendoza. Me alegré de estar presente, pues el capitán general habló, calmando los ánimos de muchos de nosotros. Con la madera de esas tierras podríamos reparar los barcos, dijo. Construir barracas donde pasar el invierno a cubierto y protegidos del frío, en mejores condiciones que en las naves. Había, además, pesca y caza en abundancia, lo cual nos permitiría conservar las pocas provisiones que nos quedaban en las bodegas. Una vez hallado el paso, sería solo cuestión de semanas el llegar a las islas de las Especias. Lo peor de la travesía había pasado. *El paraíso terrenal que son las Molucas hace palidecer al cabo Santa María, del que tan gratos recuerdos todos traemos,* dijo Magallanes. *El frío no ha de acobardar a los valerosos hijos de España.*

El dolor en la nariz y en el hueso de la mejilla casi pasó al olvido tras las palabras confortantes y seguras de Magallanes. El festín que siguió a la misa, de pescado y otras delicias a la brasa que cazamos, disipó cualquier titubeo de mi lealtad al capitán general. Mas no duró mucho el alborozo, y los manjares se nos revolvieron en los estómagos con los sucesos que acontecieron desde esa noche y que quedarían para siempre en mi memoria. Recordé los días de calma en el mar Atlántico, cuando las jornadas se sucedían con las labores propias de la travesía. Limpiar suelos y velas. Abrillantar. Pulir metales y bronces. Preparar rancho. Días de tedio. Bochornosas jornadas de relleno. De nimiedad. Tan distinto a ese dos de abril…

$$* * *$$

Todo comenzó con la toma de la San Antonio, y fue así como aconteció, pues la noticia con todos sus detalles corrió como mancha de aceite: esa misma noche, durante el segundo turno de guardia, Quesada, capitán de la Concepción, abordó la San Antonio amparándose en la oscuridad y aprovechando la ligera vigilancia nocturna. No en vano, pensé, los estómagos llenos tras el banquete de la Pascua adormecían hasta al más fornido de los marineros. Alvaro de Mesquita, el capitán portugués de la nave atacada, se negó a unirse al motín, y fue de inmediato apresado por los rebeldes y encerrado en la cámara del contable, pues estaba esta proveída de candado. A continuación, se vio correr la primera sangre, cuando el maestre de la San Antonio, Elorriaga se llamaba, fue atravesado innumerables veces por la daga del enfervorecido Quesada, al negarse el maestre a entregar la nave al capitán rebelde. Como quiera que la San Antonio necesitaba a alguien que se hiciera cargo de la tripulación, estando Mesquita apresado y Elorriaga moribundo, Quesada nombró al maestre de la Concepción, Juan Sebastián Elcano, para esa posición. Él mismo, Quesada, tomó el mando de la San Antonio, cediendo el de su propia nave, la Concepción, a Juan de Cartagena, su piloto y anterior capitán de la San Antonio y apresado por Magallanes ante los ojos de todos.

Mientras escuchaba cómo habían acontecido los hechos, me resistía a creer que Juan de Cartagena pudiera volver a estar al mando de una nave, mientras también daba gracias por no haber sido testigo de la toma de la San Antonio, nave en la que pasé los primeros meses de esta infernal travesía. Mas, de haber atado todos los cabos, habría sospechado que algo iba a ocurrir, pues esa noche Mendoza había andado nervioso y más alterado de lo habitual.

X

Mi señor fingió ayer
estar calmado
y no importarle
    la ofensa de los capitanes castellanos.
Mas esta mañana, 2 de abril del año 1520,
sus medidos y calculados movimientos
    me alertan. Los conozco.
Esa carta
    lo ha sumido en un estado de calma contenida.
    La del zorro antes de atacar a la liebre.
        La del sapo antes de lanzar su lengua y envolver a la
mosca.
        La del capitán general antes de doblegar
            una sublevación.

Relee la carta de los capitanes castellanos:
    Por el abuso,
    humillación
    y maltrato de que se ven objeto
    por parte del capitán general
    se han visto obligados
        a hacerse con las naves.
    Mas si el capitán general
        comparte con ellos su plan de ruta,
        les consulta en asuntos de seguridad y bienestar y
        atiende a sus quejas y las de la tripulación,
    ellos,

Gaspar de Quesada,
Luis de Mendoza y
Juan de Cartagena
le juran obediencia y
besar sus pies y manos.

Enrique. Papel y tinta.

Mi señor escribe, con celo
mas sin pausa.
Pliega la nota.
Me la entrega.
A Espinosa, me ordena.

Salgo de la cámara y entrego la nota al alguacil mayor.
Espinosa la lee.
Sonríe.
¡Que se dé de comer a los hombres! grita.
Y los mensajeros de las naves sublevadas
—que esperan en el batel tras haber entregado a Magallanes la misiva de sus capitanes—
suben a bordo de la Trinidad,
y festejan
mientras nuestros hombres
se hacen con su embarcación.

Espinosa y dos marineros,
dagas en sus cinturas
reman a la Victoria.

¡Mensaje para el capitán Mendoza!

Desde la cubierta de la Trinidad distinguimos
a Espinosa y a los dos marinos
    subir a la nave.

Paciencia ahora.
¿Habla mi señor para mí
    o para sí mismo?

2 de abril de 1520

S u actitud debía haberme alertado. Esa noche Mendoza había andado más nervioso de lo habitual. Sus órdenes, de por sí siempre autoritarias y atronantes, iban hoy acompañadas de insultos y golpes a la barandilla de cubierta, y a algún grumete que se cruzara en su camino. Se asomaba a bordo constantemente, preguntando al vigía si veía que algo ocurría en las otras naves, especialmente en la Concepción y en la San Antonio. Conseguí conciliar el sueño, si solo por pocas horas, no dando más importancia a la sofocada actitud del capitán.

Pero a la mañana siguiente, un batel de la Trinidad se aproximó a nuestra nave. Yo me encontraba preparando almuerzo para mi señor, y aguzando el oído pude escuchar a nuestro capitán, Mendoza, manifestando su lealtad al rey Carlos de España. Temblé. Bien sabía que en alta mar, su lealtad debía ser para con el capitán general y el rey, así se leyó antes de partir de Sanlúcar. Eché el pescado a medio asar en el cuenco y corrí a la cámara de mi señor a contarle lo que había escuchado. San Martín hizo la señal de la cruz y me aconsejó quedarme fuera de la revuelta que parecía estar cocinándose. Él mismo pasó la mayor parte de la jornada en su cámara, consultando sus mapas y haciendo cálculos y anotaciones en su cuaderno.

Y no fue hasta el anochecer que la calma tensa se truncó. Me encontraba a punto de comenzar mi guardia nocturna cuando el alguacil mayor Gómez de Espinosa, junto con dos marineros, arribó en barca a nuestra nave desde la Trinidad. Mendoza terminaba su guardia y se disponía a retirarse, y sorprendido, y a buenas luces contrariado, invitó finalmente a los hombres a subir a la nave y pasar a su cámara. Como si preparando los aparejos de mi señor estuviese, me acerqué lo más que pude a la puerta, desde donde, después de unas frases que no alcancé a entender, escuché la truncada risotada del capitán. Inmediatamente, hombres armados abordaron nuestra nave. Parecían como llegados del más allá, silenciosos como espíritus que emergiesen de la nada. Quedé paralizado, incapaz de mover un pelo por temor a ser atacado. La puerta de la cámara de Mendoza se abrió de golpe, y pude verle tirado en el suelo como un despojo, con la cabeza abierta y reposando en un charco de sangre. La voz estentórea de Espinosa sonó para que todos la oyéramos, *¡Larga vida al emperador y muerte a los traidores!*, a la vez que unos de sus hombres izaban la bandera de Magallanes en el mástil mayor. A continuación, los hombres de Magallanes levaron las anclas y la Victoria se dejó llevar por la corriente hasta colocarse junto a la Trinidad.

Fue entonces cuando, al mirar a mi alrededor y apercibirme del alto número de portugueses y extranjeros entre la tripulación de la Victoria, tuve que admirar la astucia y el juicio del capitán general de tomar nuestra nave. Como todos los tripulantes de la Victoria, asistí mudo y perplejo al espectáculo, intentando racionalizar lo que acababa de acontecer: un puñado de hombres, al mando del alguacil Espinosa, había contenido la sublevación y acabado con la vida del traidor capitán Mendoza.

La Santiago ya estaba junto a la Trinidad cuando la Victoria se acomodó a su vera. Las tres naves en la boca de la bahía bloqueaban el paso a las rebeldes.

La sublevación castellana había sido contenida.

XI

Los capitanes castellanos son
    cobardes
    y estúpidos. Parecen aún no saber
        con quién tratan:
    mi señor, Fernando de Magallanes,
    veterano de campañas en India, África y Malaca,
    capitán general de la armada de Molucas,
    maestre de la Orden de Santiago y
        elegido por Dios y por el rey Carlos
            para traer gloria y riqueza a España.

Esos capitanes, al mando de grandes
naves cargadas de armas y de hombres,
    mas cortos de decisión e ignorantes en navegación,
        cayeron como mosquitos en la tela de araña
        delicadamente tejida por mi señor
        con la ayuda de la noche
        y de las corrientes.
Esos capitanes
    ni siquiera se ganaron
        la confianza de sus hombres.

Estúpidos.
Se merecen su suerte.

7 de abril de 1520

El espectáculo fue espeluznante.

La San Antonio se hubo de rendir, sin más remedio, pues ni ella ni la Concepción tenían salida de la bahía, las otras tres naves habíamos cerrado su paso. Si por un momento se le pasó por mente a Mendoza escapar de algún modo, los caprichos de la mar no estuvieron de su lado, pues con solo un ancla echada, las corrientes dejaron varar a las naves rebeldes hacia las que les cerrábamos el paso. Y claro como una mañana por las calles de Sevilla que vi al capitán Quesada, armado de yelmo a grebas, lanzando órdenes que nadie obedecía. Me imaginé a Cartagena de semejante guisa, fuera de sí y viendo su intento de insurrección de nuevo frustrado. ¿Con qué atuendo se habría engalanado para lo que creía iba a ser su día de gloria? ¿Alguno de prestado del capitán Quesada? ¿O armadura, como Mendoza? Vanidoso como era, no podía imaginármelo sin sus galas, ansioso como habría estado solo horas antes de retomar el mando de una nave. ¿Soñaba quizá con liderar la expedición, como capitán general? No lo dudé un instante. De lo que puedo dar fe es de que los sueños del depuesto y rebelde Cartagena poco tuvieron que ver con lo que le aconteció.

Hubo de nuevo una corte marcial de la que, sabía ya, solo se podían esperar muertes. Los tres capitanes acusados, junto con el maestre de la Concepción, Elcano, y otros oficiales, hasta un total de cuarenta hombres, fueron condenados a muerte por rebelión, y la pena ejecutada sin demora. *Pero Mendoza ya está muerto*, susurré a San Martín, absorto en la contemplación, durante el juicio, del cuerpo inerte del que había sido nuestro capitán.

Fue entonces cuando unos hombres se aproximaron a él, agarraron su cuerpo sin ningún decoro y lo bajaron a la orilla, donde, ante nuestras estupefactas miradas, lo decapitaron. Aparté mis ojos, descompuesto, para volver mi mirada al horripilante espectáculo en el momento en que su cuerpo era descuartizado sin ceremonia alguna. Sus tripas desparramadas, el fluido que era su sangre filtrándose en la arena y tiñéndola de brillante bermejo, oí mi grito ahogado y el de muchos. Cerré los ojos y me llevé las manos a la boca, sintiendo mi estómago ascender hasta la garganta. No era el único, pues escuché las arcadas entre la multitud, en una reverberación de regüeldo y vómito. Apenas había tenido tiempo de recuperar la compostura cuando Quesada fue también bajado a la orilla, para sufrir la misma suerte. Ya no pude mirar más, aunque permanecí allí, como el más estoico de los hombres, tal y como todos los demás hicieron.

Durante días, las cabezas de los capitanes y los pedazos de lo que habían sido sus cuerpos ondearon en estacas, a la vista de todos. Comenzó a murmurarse entre la tripulación que Magallanes iba a hacer un ejemplo de todos los demás acusados, matándolos uno a uno, y que sería imposible, con tanta baja humana, manejar las cinco naves hasta las Indias. Algunos, como Elcano, eran marinos experimentados. Recé mis oraciones y me confesé al padre, seguro de que en esas tierras remotas, heladas y desoladas, vería mis últimos días. Mas Magallanes debió de pensar lo mismo, o escuchar las murmuraciones, y entró en sentido. Necesitábamos todas las manos y la experiencia de los oficiales: no podíamos sacrificar a tantos hombres, así que no hubo más muertes. ¡Hasta a Cartagena perdonó la vida! Más le hubiera valido correr la misma suerte que los capitanes muertos.

XII

Como los eslabones de las cadenas
que los unen a todos en la misma suerte,
    los capitanes y oficiales rebeldes,
    sobrevivientes de la ira de Magallanes
    —de su clemencia—
    empeñan sus días en las tareas más duras
      y desagradables.

Unos limpian letrinas, lo más repulsivo, pues
    las restriegan desde dentro.
También rascan los crustáceos que cubren
    el casco de las naves
      bajo el nivel del mar.

Los demás reparan
    velas, mástiles, lastre, casco.
      Reemplazan tablones, sellan juntas.
Abrillantan.
      En el frío extenuante.

Vagos recuerdos de estas mismas tareas están
en mente de todos. Mas entonces
    bajo el sol asfixiante.

Ampollas que revientan en las manos,
labios y nudillos sangrantes,
ojos vidriosos, carambanosos,

son la nueva cara de la tripulación.
Y me hacen añorar el Atlántico,
    el astro sol tostándonos
        hasta el tuétano.

Carpinteros y grumetes se afanan en la bahía San Julián
y pronto comenzamos a erigir
    cabañas para pasar el invierno. Incluso
        una forja.

Las provisiones, durante meses
ocultas en la oscuridad de las bodegas,
    son descargadas de las naves aún enfermas y se hace
    inventario.

¡Ladrones! Hijos de…
Mi señor no acaba la frase, apercibiéndose de que
    todos los ojos se han vuelto hacia él. Aterrados.
Con los albaranes en su mano
    las cuentas no salen. Los abaceros de Sevilla
        le timaron.
        ¡Malditos portugueses!

Mi señor está convencido
de quién lo ordenó,
y la carta de su suegro
que recibió en las islas Canarias
    torna a sus pensamientos.
        Los espías portugueses no consiguieron
        matarle en Sevilla,
    mas sí están teniendo éxito en

malograr
      la superviviencia de la expedición.
      De sus hombres.

San Julián apenas nos provee
    de agua que beber
      o de alimentos que comer.
    La caza es penosa, y nadie sabe hacerse con esos
      animales oriundos de estas tierras,
        los que llaman ñandú y guanaco[6].

El paso está cerca, lo presiento,
musita mi señor
    mientras debate con los pilotos
      entre legajos y mapas.

La muerte acecha.
Nos está llevando
    silenciosa
      en el manto frío del invierno
      que nadie soporta. Varios hombres
        descansan ya para siempre.

---

[6] Especie de avestruz americana y lama salvaje, respectivamente.

1 de mayo de 1520

Un mes empeñamos en reparar las naves, comenzando por la Santiago, bajo la sombra de los restos putrefactos de Mendoza y Quesada recordándonos a cada instante la suerte para con los traidores.

Más hombres perdimos en San Julián, y fue a causa del frío extremo. Sus cuerpos yacían yertos, y era penoso hacerles la señal de la cruz antes de darles sepultura. Cavar una fosa era tarea imposible, hallándose la tierra helada y dura como la roca. El mar se convirtió, pues, en su sepulcro. A sabiendas de que el frío nos llevaría a todos a una muerte segura y sin más alimentos que los míseros que albergaban las bodegas, el capitán general había ordenado reparar la menor de las naves con premura. La orden fue tomada al pie de la letra, y calafates y carpinteros se afanaban, bajo la promesa y la esperanza de encontrar el *paso* y alejarnos del infierno de San Julián. No había sino mejillones y poco más en esas costas, y la escasa caza nos había sido imposible, al no saber cómo hacernos con esos animales escurridizos.

Así pues, la Santiago, recién reparada, con sus treinta y siete hombres a bordo al mando del capitán Serrano, que, aunque castellano, había sido en todo momento fiel a Magallanes, partió hoy para explorar la costa y retornar con noticias del *paso*.

Durante esos meses en que permanecimos en San Julián, San Martín se reunió a menudo con Magallanes y los otros pilotos, y a alguno de estos encuentros le acompañé. Lo agradecía, pues el capitán general servía una confitura traída de su casa, y que generosamente compartía con los reunidos. El esclavo de Magallanes siempre estaba presente, como una sombra, junto al capitán general. Nunca me preguntó sobre nuestro primer encuentro, y si no hubiera sido por cómo aquella vez se dirigió a mí, hubiera jurado que el chico era mudo.

En esos meses también avancé sobremanera en mis conocimientos, acompañando a mi señor a realizar mediciones de la luna y los planetas que nos deberían orientar sobre nuestra longitud. Mas lo mejor de esos meses de abandono y labores en esa tierra de nadie fue el relacionarme con otros mozos y grumetes de las demás naves, quienes tras los acontecimientos que siguieron al motín y a la condena y muerte de Quesada y Mendoza, nos sentíamos más unidos, si no por otra razón, por hacernos uno y así esquivar en lo posible una muerte por los elementos, por la cólera de los más fuertes, o por la voluntad de Dios. *Prefiero morir como un témpano que a manos de Magallanes*, dijo un muchacho al que reconocí como aquel con el que había discutido tantos meses atrás, en la misa en Santa María de la Victoria en Sevilla; Vasquito le llamaban. *Y yo. Y yo también. Por todos los demonios que yo también.* Unos y otros asentimos, mientras bajo las estrellas intentábamos confortarnos alrededor de una hoguera minúscula que apenas conseguía competir con el frío de la noche y de esas latitudes.

Vasquito no mentó nunca nuestra discusión en Sevilla, ni se mofó de mi suerte al mando del otrora gallardo capitán Cartagena. *De alta o baja casta, en cada barco hay algún malnacido,* dijo. Asentí. Conocía al menos a uno de ellos, de cuya embestida a duras penas salí ileso.

Con el pasar de los días y el intercambio de confidencias, Vasquito y yo nos hicimos inseparables, pese a navegar en distintas naves.

Fue al mes de que la Santiago partiera de San Julián que llegó a nuestro campamento un gigante. Vasquito, los otros muchachos y yo estábamos de cháchara, apiñados alrededor del fuego de la lumbre, que cocía unos moluscos. Al verlo aparecer de por entre la maleza, por un instante temimos estar en presencia del mismísimo demonio. Su rostro era rojo como la sangre, pintado de escarlata con pequeños corazones negros, y ocre alrededor de los ojos, y vestía una capa de guanaco, piel con la que también cubría sus enormes pies. Y si su aspecto era ya para espantar a un cristiano, comenzó una extraña danza de brincos acompañados de cantos que representó ante nosotros. Al principio nos espantamos, mas al ver que no había peligro, poco a poco los hombres se fueron congregando alrededor de tan extraño ser. Magallanes fue uno de ellos, e hizo a uno de los marineros imitar las danzas del gigante. Cuánto agradecí no haber estado yo cerca y ser el elegido, pues la ridiculez de la escena nos hizo a todos estallar en unas risotadas que no contuvimos hasta que el capitán general alzó la mano en señal de silencio. No recordaba haber reído así en meses.

Ese gigante de pies enormes parecía inofensivo, así que el capitán general le invitó a bordo de la Trinidad y le ofreció unas viandas que, me contó Vasquito, engulló sin apenas respirar, ante el asombro de todos. Después de obsequiarle el capitán general con varios peines, espejos y cuentas de rosario, le despidió, y fue así como, cuando llegó a la orilla, observamos a un grupo de ellos salir de entre la maleza, mujeres y guanacos incluidos, y señalar al cielo, ante lo que que mi señor observó, *Creen que venimos del más allá*, y eso me hizo sentir importante.

XIII

Escucho el relato de los dos hombres
demacrados y esqueléticos
    y pienso que solo por la gracia de Dios
        conservan la vida,
            para contar lo sucedido.
Mi señor ordena les den
    alimento, agua,
    que les cubran y conforten hasta que los dedos de
sus manos y pies
    vuelvan en sí.
    Y cuando los dos hombres han descansado,
        comienzan su relato.

Seis días después de partir
la Santiago halló un estuario rico en leones marinos
    y esos patos blanquinegros que no volaban
        y caminaban erguidos[7].

    Estos animales habíamos visto antes
en Brasil.

Serrano bautizó Santa Cruz al estuario, en honor a la festividad de
ese día.
Allí permanecieron dos semanas
que emplearon en cazar y ahumar,
    partiendo de allí el veintidós de mayo.

---

[7] Pingüinos.

Pero he aquí que una violenta borrasca los sorprendió
y tiempo apenas tuvieron
    de salvar la vida
        saltando a la orilla.
    Fue instantes antes de que una gigantesca ola
    golpeara a la Santiago
        y la hiciera añicos, no sin antes
            tragarse al esclavo del capitán Serrano.

Por ocho días vagó la tripulación por la playa, recogiendo
maderos para construir una balsa y retornar
    a San Julián.
Mas malnutridos y derrotados por el frío, el hambre y las
penalidades,
pocas tablas pudieron llevar a Santa Cruz,
    suficientes solo para una balsa
    de dos hombres.

Y fue ahí que comenzó su agonía,
dos de los hombres más fuertes de la tripulación de la Santiago,
que tras once días de navegar en el frío y
caminar en tierra yerma,
azotados por el viento gélido y
alimentándose tan solo de percebes y lapas,
    por fin llegan hoy a San Julián,
        y ahora nos cuentan su historia.

Mi señor envía una flota de salvamento,
mas por tierra han de ir
por temor a más tormentas

y muertes.

Náufragos y sus salvadores
—todos salvo el esclavo del capitán Serrano—
    regresan a San Julián.
        Maltrechos
    pero vivos.
Han pasado casi dos meses
    desde que partieron.

Mas, a pesar de las cuitas y penurias,
traen noticias de peces, pájaros, leones marinos.
    Abundante comida en ese estuario de Santa Cruz.

Mi señor sonríe,
    y yo con él.
Una sonrisa breve. Triste.
La Santiago… musita.
Imposible de recomponer, contesta Serrano.
Sus maderos, al menos, nos han de apañar.

Tranquea hacia la ventana,
    otea las costas
        y suspira.

29 de julio de 1520

Convivimos con los gigantes durante varias semanas, ganándonos la confianza los unos de los otros. Si los hombres eran altísimos, sus mujeres eran robustas y entradas en carnes, y provistas de pechos enormes. Y pese al terrible frío, que se había convertido en nuestro compañero y peor enemigo, los gigantes andaban casi desnudos.

Un día, en una danza en la playa, sus pies cubiertos de pieles dejaron en la arena unas huellas enormes, ante lo que Magallanes decidió bautizarles con el nombre de patagones⁸. También decidió llevar a algunos con nosotros a España, y ordenó a unos hombres capturar a dos de ellos. Pero como fuera que estos gigantes eran fuertes, además de descomunales, no sería con la fuerza física con lo que se les capturase. Viendo que, aunque fornidos, estos patagones eran inocentes, el capitán general los obsequió con tantas alhajas y otros regalos que entre los dos no podían cargarlos. Los marineros les ofrecieron entonces unos grilletes, sabiendo el aprecio de los gigantes por el metal, y como fuera que no podían cargar más en sus manos, los marineros se los colocaron alrededor de los tobillos. Los gigantes bramaron como

---

8 Probablemente, de la contracción de «pata de cano» —pata de perro—. Patagonia, esa zona del cono sur de América, debe a ello su nombre.

mulos en celo sabiéndose engañados cuando intentaron caminar, y hasta nueve hombres se necesitaron para contenerlos, a pesar de los grilletes. Magallanes dio muestra de su compasión cuando mandó a uno de los pilotos a buscar a la mujer de uno de los patagones, tan apenado estaba el hombre de dejarla. Mas el piloto y sus hombres regresaron con las manos vacías, pues fue imposible encontrar a la mujer y perdió a uno de sus hombres en la lucha en la que se enzarzaron con los gigantes. Contaron el piloto y sus hombres al regresar que los arcos y flechas de los patagones no eran rival para las armas españolas, mas sus gritos, danzas y saltos habían sido su mejor arma, pues los hacían un blanco muy difícil de atacar. El marinero había recibido una flecha y se había desangrado hasta morir.

No fue esta la única muerte esos días, pues dos hombres de la tripulación de la Santiago habían arribado días antes, desfallecidos, demacrados y como carámbanos, para traer la desdichada noticia de la pérdida de la nave. Y no había apenas enviado el capitán general a un grupo de los hombres más fuertes a rescatar a la varada tripulación de la nave naufragada, que con gran pena en el corazón del capitán general —bien se apreciaba en su semblante— dimos sepultura al piloto Elorriaga, que había sido macheteado por el traidor Quesada durante el motín.

A Dios gracias, después de casi un mes desde su partida, regresaron los hombres con la baldada tripulación de la Santiago, lo que nos produjo gran júbilo. Y contaron de esa rica bahía de Santa Cruz.

Era ya final del mes de julio, y las ansias por partir de San Julián comenzaron a sentirse en los hombres.

XIV

No sé si hallaremos a la Santiago
    o si la podremos resucitar.
      Mas lo que sí puedo jurar es que
           Cartagena y el padre Calmette
           —en mala hora le apoyó en su rebelión—
           de seguro morirán.
Ni en grilletes
ni con la penuria de los hombres de la Santiago
perdidos
Cartagena ha cesado
    de incitar de nuevo al motín.
Mas nadie ya le escucha.

Cartagena, musita mi señor en la oscuridad
    creyéndome dormido.
No serás tú quien malogre mi misión.
Y sé que mi señor
    ha tomado una determinación.

Su suerte está echada y
de seguro acabará en muerte.
Mas no será ante nuestros ojos.
En su lugar, esta misma mañana
    una galera se aleja.
    A bordo, custodiados,
    van Cartagena y el padre francés —hombre de Dios y
traidor—.

Al poco regresa la galera
    del islote
        sin los traidores.

En su misericordia
Magallanes les ha provisto de espadas,
y de una carga de galletas y vino
y ha ordenado
    abandonarlos.

Desde hoy
    solo Dios los ampara.

24 de agosto de 1520

Cuando partimos de San Julián, Cartagena y el padre francés llevaban cerca de dos semanas abandonados en el islote. Mientras nos alejábamos de la costa, y avistando ese peñasco de tierra yerma en donde la galera les dejó a su suerte, me pregunté si seguirían con vida o si se habrían matado ya el uno al otro. ¿A quién iba a dar órdenes Cartagena? ¿Obedecería el padre solo a Dios en sus últimos días? Si Magallanes había querido dar una lección al resto de la tripulación, de seguro la aprendimos. Y hasta los rebeldes debieron de tomar buena nota: desde el motín en San Julián, y tras meses de realizar los trabajos más bajos y desagradables amarrados a grilletes y cadenas, el capitán general estimó que ya habían cumplido su condena y los liberó.

Mientras las naves se alejaban de la maldita bahía, la última visión de los restos en descomposición de los capitanes rebeldes colgando de las estacas, haciéndose más pequeños hasta desaparecer de nuestras vistas, nos recordó a todos la suerte que correríamos si las órdenes de Magallanes no eran cumplidas. Y me pregunté, de nuevo, por qué Sagredo no me había delatado, y ni tan siquiera me había buscado en todas esas semanas.

$$* * *$$

Nuevos cargos se habían nombrado antes de partir: Mesquita retomó el mando de la San Antonio, mientras que con Quesada muerto y la Santiago fuera de comisión, el capitán general asignó a Serrano el mando de la Concepción. También la Victoria, en la que mi señor y yo viajábamos, se procuró un nuevo capitán: Duarte Barbosa, primo de Magallanes y sobresaliente de la Trinidad hasta entonces. Gomes, el piloto mayor de la flota, que había navegado también hasta ahora en la nave vigía, fue asignado piloto de la San Antonio, aun siendo como era mucho más capaz y experimentado que Mesquita, el capitán al que debía obedecer. *¿Por qué ha hecho eso el capitán?*, me atreví a preguntar a San Martín. No parecía lógico ni justo, si Gomes era tan capaz, que el capitán general lo rebajara de puesto. *Política,* me contestó San Martín. *Viene de atrás, Diego. Y no me hagas hablar más.*

No le pregunté más.

Solo dos días nos llevó alcanzar el ansiado estuario de Santa Cruz, y la boca se me hizo agua al recordar la promesa del capitán general antes de partir de San Julián de caza y pesca en abundancia. Casi dos meses permanecimos allí, y la promesa se cumplió. Comimos hasta saciarnos y también ahumamos cantidades ingentes de carne y pescado para llenar nuestras mermadas bodegas. En eso ocupamos la mayor parte de nuestro tiempo, pues las reparaciones y tareas de limpieza a fondo de las naves las habíamos realizado antes, en San Julián. Recibíamos cada día con gozo, pues la otrora insignificante satisfacción de no tener que bregar de sol a sol nos permitía a los mozos darnos a la cháchara y el esparcimiento, que bien sabía Dios necesitábamos.

Vasquito y yo éramos como carne y piel, quién lo hubiera jurado, con el desatinado inicio que había tenido nuestra amistad. Durante nuestra estancia en Santa Cruz, el capitán general quiso también recuperar la Santiago, mas no fue eso posible: las olas la habían reducido a poco menos que madera para fogata, y eso fue en lo que la empleamos.

Durante días, el capitán Serrano caminó por entre los escombros, recogiendo algún pertrecho, instrumentos, quizá algo aprovechable de la que fue su nave desde nuestra partida de España. A veces me pareció verle enjugarse las mejillas. Mas se repuso pronto, pues como comandante de la Concepción, ahora tenía labores más apremiantes, al mando de una nueva tripulación que había pasado demasiadas precariedades y a la que se tenía que ganar.

Y sin apenas darnos cuenta, los primeros rayos de sol con un recuerdo de calor comenzaron a hacer su aparición. Era mediados de octubre del año 1520, y en esta parte del mundo comenzaba la primavera. Levamos anclas el dieciocho de ese mes, con las bodegas llenas y los ánimos restablecidos.

XV

Mi señor
>sonríe al fin. Esa expresión en su semblante
casi la había olvidado, convencido de no verla
nunca más.

Las velas están llenas,
el sol caldea los rostros,
la brisa empuja desde popa,
la espuma blanca baila a nuestros pies.
>*Todo está en orden, Enrique. Todo está en orden.*
Me contento, pues
qué más puedo pedir:
>mi señor sonríe.

Y esa sonrisa que comenzó en la comisura de sus labios
anega todo su rostro cuando
dos días tras nuestra partida
>avistamos una bahía que
>>parece no tener fin.
>*¿El paso?*
Lo pronuncio bajo,
pero mi señor asiente.

Tiene que ser.

21 de octubre de 1520

Partimos de Santa Cruz apenas hacía tres días. Habían sido de los mejores que recordaba en muchos meses. Las peleas se habían tornado bromas, los hombres reían a los chistes, muchos a costa de Magallanes, mas la mayoría sobre los capitanes. Crueles, siempre, los que más aplausos recibían. Y fue ese día que avistamos otra bahía, en la que nos adentramos. ¿Podía ser por fin el paso al otro océano? Me santigüé y recé un avemaría para que así fuera. Nuestras esperanzas medraron cuando el capitán general decidió enviar a la San Antonio y a la Concepción a investigar, dándoles cinco días para su regreso. Mas no hubieron apenas partido que una violenta tormenta nos sorprendió a la Trinidad y la Victoria en la bahía, con angustia no solo por nosotros, sino por no saber si había alcanzado también a las naves recién partidas a la misión de reconocimiento. La paz y buen ánimo de los últimos días pareció desvanecerse, y los malos recuerdos de las borrascas y vendavales sufridos no hacía tanto volvió a nuestras mentes. Tan violentos fueron los vientos que las anclas cedieron, y el capitán general ordenó sacar las naves de la bahía, así podríamos resistir mejor la borrasca. Fue en buena hora, y cuando la tormenta amainó, regresamos a la bahía y buscamos mejor anclaje.

Mas el capitán general andaba inquieto por la Concepción y la San Antonio, y los cinco días que les dio se le antojaron de repente demasiado tiempo: tenía que saber si habían sobrevivido al temporal.

San Martín se reunió en varias ocasiones con Magallanes y, como de costumbre, yo tuve el privilegio de acompañar a mi señor en esas reuniones. Comparaban datos, consultaban mapas, mediciones de sus astrolabios. Y fue durante una de esas reuniones, a los cuatro días de zarpar, que oímos el estruendo de cañones. Salimos precipitados a cubierta, a tiempo de ver acercarse a la San Antonio y a la Concepción, a toda vela y con banderas y estandartes al viento. Los gritos de alegría de las tripulaciones de las dos embarcaciones que los habíamos esperado ansiosamente se debieron de escuchar hasta tierra bien adentro.

Los capitanes y pilotos se reunieron todos en la Trinidad, y como quiera que nadie nos despidió, mi señor y yo estuvimos presentes cuando los recién llegados relataron lo acontecido: la tormenta había sorprendido a la San Antonio y a la Concepción, haciéndoles imposible anclar y empujándolos hacia el suroeste. Pasaron junto a un cabo que les guió a lo que parecía un canal de unas dos millas de ancho. La San Antonio se aventuró en el mismo y, con el viento empujándola desde popa, pronto arribó a otra bahía, donde en su costa norte halló resguardo del temporal. También la Concepción corrió la misma suerte, siendo empujada por los vientos a través del mismo canal. Para entonces, la San Antonio había abandonado ya la bahía, continuando su recorrido por el canal en dirección oeste y entrando en un golfo que conducía hacia el sur. Las corrientes eran fuertes, y como fuera que el agua era salada y el cauce profundo, el capitán Mesquita y su piloto, Gomes, concluyeron que era este el paso que buscaban y decidieron retornar. Fue así que se reencontraron con la

Concepción en la bahía donde habían aguantado el temporal y, mensajeros de las ansiadas noticias, retornaron sin demora al punto de encuentro con el capitán general, donde nos relataban hoy su descubrimiento.

No salíamos de nuestro entusiasmo al escucharlos, y Magallanes parecía haber resucitado de un prolongado letargo, el color de nuevo en sus mejillas, a punto de estallar de júbilo.

XVI

Han regresado, y con ellos,
    la confirmación del *paso*.
    ¡Lo han hallado!
Estaba mi señor en lo cierto,
    como yo nunca dudé,
      pero otros sí.
    Los que desconfiaron
      pagaron con sus vidas.

Mi señor ordena levar anclas
    de inmediato,
    mas antes pide opinión
a los pilotos y capitanes.

¿Por qué, señor, ahora?
¿No es el paso lo que debíamos hallar primero
    para llevarnos a las Molucas a su través?
Creo que conozco bien a mi señor
    mas a veces sus motivos se me escapan.
Me importan sus opiniones, Enrique,
    para saber de quién no recelar.
    Y a ellos les importa que les pregunte
      por sentirse tomados en cuenta.
    Mas la decisión, no dudes, Enrique,
      es mía.

Y sé en ese momento que

atravesaremos el estrecho y
   arribaremos
      a las islas de las Especias.

27 de octubre de 1520

No habíamos navegado más de una legua cuando divisamos en la costa una estructura que parecía construida por el hombre, y el capitán general envió a diez a investigar. Al rato los vimos aparecer a todos, corriendo en la playa como almas que llevaba el diablo. Y parece que eso fue lo que les perseguía, pues la estructura era un monumento fúnebre del que, juraban, salían las voces de los muertos. Su lividez se tornó embarazo a la sorna y risotadas de todos los que escuchamos su historia. Vasquito estaba entre ellos, y al levantar su mirada para encontrarse con la mía dejé de reír en seco. No se mofa uno de un amigo. *Te juro que hablaban, Diego. Por lo más santo del mundo que es mi madre, yo oí esas voces. Los pelos del cogote se me crisparon mientras esos fantasmas nos perseguían,* me diría luego Vasquito, ante mi escepticismo.

La historia, real o no, de la presencia de almas en pena, debió de servir de excusa a Magallanes para no detenernos, quien ordenó zarpar de inmediato de ese lugar y proseguir la travesía por el estrecho.

Echamos anclas días más tarde en una pequeña bahía, y fue allí que el capitán general convocó de nuevo a los capitanes y pilotos, entre ellos mi señor, San Martín, requiriendo su opinión sobre si proseguir el viaje. No se me escapó que a todos los oficiales los cogió por sorpresa ese repentino interés por sus opiniones, mas bien creo sabían todos que estas sus opiniones habrían de agradar al capitán general, si no ser las mismas que de seguro en su mente de líder y guía moraban. Y hasta el último mozo sabía que el deseo de Magallanes era continuar el viaje fuera cual fuere la adversidad.

Yo había aprendido a ser una sombra de mi señor en estas reuniones, no como Enrique, que a veces parecía ser más el espíritu de Magallanes, pero sí como alguien que no quería llevar al traste el privilegio de ser testigo mudo de las conversaciones de más alto rango y secreto. Fue por ello que, a las palabras de Gomes, piloto de la San Antonio, ahogué un grito de asombro que hizo que se posaran todas las miradas sobre mí, y tuve que forzar una tos falsa para evitar cualquier pregunta. Funcionó, pues fui ignorado y la agitada conversación continuó, mientras yo me preguntaba, después de haber sido testigo de la ira de Magallanes y de cómo había tratado a los rebeldes no tanto tiempo atrás, cómo Gomes se había atrevido a contradecirle.

Gomes había sido hasta hacía pocas lunas piloto mayor de la flota, navegando junto al capitán general en la nave insignia, y quizá por la confianza que ello le otorgaba, o por su condición de portugués, se atrevió a refutar a Magallanes en lo que todos los otros capitanes y pilotos estaban de acuerdo: ellos secundaban al capitán general en continuar el viaje como estaba programado y como así había sido prometido al emperador Carlos. La parte más racional de mi ser pensó que quizá Gomes tuviera razón y lo más prudente fuera regresar a España, habiendo ya descubierto el *paso*, y que, como argumentaba Gomes, el rey entonces enviara una nueva flota que concluyera la travesía hasta las Indias. La nuestra había sufrido ya suficientes penalidades, y el recuerdo de las calles de Toledo, de mi padre y mis hermanas me llenaba de añoranza. Argumentaba Gomes que las aguas que proponía surcar Magallanes no habían sido nunca exploradas, y que si las hallábamos mansas, como nos ocurrió en el Atlántico, las reservas de comida no serían suficientes; y si éramos sorprendidos por fieras tormentas, como las que aún no habíamos olvidado, arriesgábamos morir. *Dios nos ayudará y nos traerá buena fortuna.* Con estas palabras del capitán general quedó zanjada la reunión, y acallado el piloto.

Más tarde, en la Victoria, no habiéndose olvidado de mi malestar momentos antes, San Martín me puso al día de los chismes que circulaban sobre Gomes, y que si los hubiera conocido antes, habría evitado ponerme en evidencia. Parece ser que Gomes había propuesto años atrás una expedición semejante a la que estábamos embarcados y el rey la había rechazado. Quizá Gomes pensaba que, si volvíamos a España con la noticia del descubrimiento del *paso* y el nuevo rey Carlos enviaba otra expedición para retomar la travesía, esta estaría capitaneada por él. *Y hay otra cuestión mucho más delicada, Diego,* añadió San Martín: *¿Cómo explicaría el capitán general los sucesos acontecidos en San Julián? ¿Y las muertes de dos capitanes y el abandono de un tercero, Cartagena, quien, además, se dice, es el hijo ilegítimo del obispo Fonseca, padrino de la expedición?*

Vi así claro, como mi señor, San Martín, lo veía, que Magallanes no tenía opción: debía proseguir el viaje aunque la muerte se lo llevara antes.

Fue así como el capitán general tomó la decisión de continuar la travesía por el canal. Era el 1 de noviembre del año 1520, día de la festividad de Todos los Santos. Y fue con ese nombre que Magallanes bautizó al canal.

XVII

Tierra de Fuego, dice mi señor,
mientras desde la toldilla contemplamos
        el espectáculo, llamaradas de fuego que
                brotan de las entrañas de la tierra.

Al frente, la nieve cubre las cumbres de
        montañas verticales.
                Gigantes de piedra
                        que parecen tocar el cielo.

En esta contemplación majestuosa
nos allegamos a una bifurcación del canal,
        cercana ya la noche
                en este día de Todos los Santos.
Una rama de este canal se abre hacia el este,
otras dos hacia el sur.

Mi señor envía a Mesquita en la San Antonio
        a explorar.

No veremos a la San Antonio
        nunca más.

12 de noviembre de 1520

Cuando la bifurcación se abrió ante la flota y Magallanes ordenó a la San Antonio explorar los dos canales que llevaban hacia el sur, nunca nos imaginamos que esa sería la última vez que veríamos a la mayor de nuestras naves. Cinco días le dio Magallanes a Mesquita, tras los cuales nos encontraríamos en el punto de partida, que no tenía pérdida, pues las colosales montañas cubiertas de nieve, como ningunas que hubiéramos visto antes en España, eran imposibles de ignorar. Era el dos de noviembre cuando la San Antonio partió.

Mientras tanto, las otras naves exploramos los canales que nos llevaban dirección sur y oeste, donde las mismas montañas colosales y amenazantes nos siguieron acompañando, incluso creciendo en altura, si tal cosa era posible. La nieve que las cubría reflejaba el sol, que apenas calentaba, lo que hacía su contemplación dolorosa a la vista, por su mismo resplandor. El aire era frío, pero agradecíamos los cielos en calma y hasta el sol, que parecía haber perdido su calor, sin fuerza para competir con los carámbanos de hielo, que seguían cubriendo toda superficie visible. Las noches eran cortas, no más de tres horas de oscuridad, lo que mi señor, San Martín, atribuyó al hecho de encontrarnos en tales latitudes del sur.

El canal nos llevó muchas millas noroeste, donde las montañas que comenzaron a hacer su aparición estaban densamente pobladas de árboles en su base. ¿Era posible que estuviéramos rodeando la punta sur de la masa de tierra que separaba el Atlántico del mar de las Indias? El canal nos llevaba al noroeste…

El capitán Barbosa llegó con la noticia: *La Concepción marcha a buscar a la San Antonio. No hay razón para esperar: Magallanes cree que nos hallamos ante la salida del paso.* Estallaron los gritos y vivas, mientras veíamos a la Concepción alejarse de nosotros. La Victoria, siguiendo a la Trinidad, buscó anclaje en una bahía cercana al punto en que nos separamos de la Concepción. Resultó ser esta rica en pescado, con el que nos dimos un festín antes de que el capitán general ordenara ahumar cantidades: nuestras bodegas debían estar llenas para el viaje que nos esperaba.

Esta bahía nos proporcionó abundante madera, y el verdor de su paisaje elevó los ánimos de la tripulación. Mi señor me envió a recolectar algunas de las hierbas que allí crecían, y me enseñó a elaborar té con ellas. Una tarde invitó a Vasquito y los dos le servimos como conejos de indias; nos invitó a sorber del delicioso caldo, lo cual agradecimos como un respiro a las raciones de agua y vino que constituían nuestra bebida diaria.

En la cámara de San Martín, Vasquito no podía apartar sus ojos de los instrumentos del astrólogo. San Martín cogió uno de los astrolabios y lo depositó en las temblorosas manos de mi amigo. *No tengas miedo, no muerde*, bromeó San Martín, antes de proceder a explicarle cómo se utilizaba para calcular la altura y la posición de los astros en el horizonte. *Al hijo de Vasco Galego se lo puedo mostrar, pues seguro que tú eres hombre instruido, como tu padre.* Y fue así que supe que el padre de mi amigo navegaba en nuestra flota y que no era otro que nuestro piloto de la Victoria. San Martín colocó de nuevo el instrumento en su lugar, junto con sus mapas y cuadrantes. *¿Qué más secretos tienes, portugués?* le reproché a Vasquito, medio en serio medio en broma, mientras daba un empujón a su hombro. Vasquito me lo devolvió, y entre risas y zarandeos acabamos enredados en el suelo, San Martín meneando la cabeza de un lado a otro sin poder tampoco contener el relajo. Habíamos pasado muchas penalidades y las carcajadas devinieron en una risa floja que no podíamos contener.

Fue estando en este oasis, que Magallanes bautizó con el nombre de bahía de las Sardinas, y como fuera que la espera a la Concepción y la San Antonio se hacía larga, que el capitán general envió una barca a explorar el canal más allá de las montañas que obstruían nuestra vista.

Después de tres días, la barca regresó con las mejores noticias que hasta entonces habíamos escuchado: el canal en el que nos encontrábamos terminaba en un mar sin fin, plácido como un espejo.

XVIII

Mi señor llora.
La barca ha regresado con la buena nueva:
    ese mar que buscaba, al final del *paso*,
        existe.
Lloro yo también, pues
    la alegría de mi señor es mi alegría;
        su dicha, mi dicha.

Cabo Deseo
    bautiza la última punta de tierra,
        pues ha sido tan deseada.

Mas aun con el tan anhelado mar de las Indias a nuestra proa,
la ausencia de las naves San Antonio y Concepción
impide la inmediata partida
    hacia la calma del ansiado océano.

Días de espera,
    reparando velas los unos,
    limpiando barricas los otros,
    ahumando más sardinas.
        Consultando a pilotos.
        Al astrólogo.

Ese muchacho de nuevo. Diego se llama. Castellano.
Dudo que diera la vida por su señor.

Yo daría la mía.

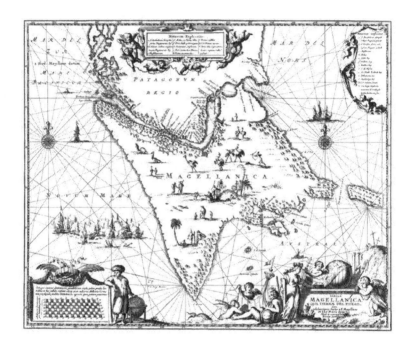

18 de noviembre de 1520

No podíamos partir faltando dos naves, así que, aunque las ansias eran grandes por llegar a ese mar que tanto habíamos deseado, el capitán general ordenó el regreso en busca de la Concepción y de la San Antonio. A la primera la encontramos poco después de levar anclas, navegando hacia nosotros, y reportó que, tras afanosa búsqueda, no había podido hallar a la San Antonio. La flota se dividió para continuar el rastreo de la nave perdida, llegando nuestra nave, Victoria, hasta el punto inicial en que entramos en el paso. Y como fuera que continuando en esa dirección desembocaríamos de nuevo en el mar Atlántico, el capitán Barbosa dio por perdida a la San Antonio, mas erigió unas señales para, caso de aparecer, supiera qué ruta habíamos tomado. *Esas son las instrucciones reales, Diego. Para todo, hasta para las emergencias y eventualidades, hay procesos*, me explicó San Martín mientras yo contemplaba ensimismado el elaborado sistema de señales que varios hombres estaba erigiendo: un montículo de piedras, bajo el cual había enterrado un tarro con un mensaje dentro con la fecha del día de hoy. Coronándolo, una cruz de madera. Dejamos dos de estas señales en puntos visibles para todo barco que navegara esas aguas.

Poco después nos reunimos con la Trinidad y la Concepción, que se habían rezagado buscando a la San Antonio por la parte central del canal, en las inmediaciones de donde nos habíamos despedido de ella días atrás. La búsqueda fue para ellos también infructuosa: la San Antonio había desaparecido.

El capitán general estuvo visiblemente perturbado ante nuestra noticia, pues la San Antonio, la mayor de nuestras naves, albergaba en sus bodegas la mayor parte de las provisiones de comida y de armas. Su pérdida significaba peor suerte para todos.

Y fue en ese momento de trastorno que el capitán general dio muestras de haber perdido la orientación, pues se dirigió a San Martín y le pidió que consultara los horóscopos para adivinar lo que le podía haber acaecido a la San Antonio. Nunca pude imaginar, y por un momento me negué a creer, la predicción del astrólogo: el capitán de la San Antonio, Alvaro de Mesquita, había sido hecho preso; Gomes, el piloto, se había hecho con el mando de la nave, y en estos momentos navegaban rumbo a España. El aire se podía cortar con un cuchillo a las palabras de San Martín, mas si a Magallanes le sorprendió esta premonición de mi señor tanto como a los demás presentes, apenas dio muestras de ello. De inmediato, se recompuso y ordenó a Barbosa y a Serrano retornar a sus naves: nuestra expedición proseguiría con la misión, con o sin la San Antonio.

Tres días más tarde echamos anclas en el río del Isleo, que así lo bautizó Magallanes por contener muchas islas rocosas. Y en actitud no propia del capitán general, pidió este a los capitanes, pilotos, maestres y oficiales de las tres naves que componían ahora la flota presentarle por escrito sus honestas opiniones sobre si el viaje debía continuar. Eran ya dos veces que lo hacía, y en corto periodo de tiempo, lo cual me hizo meditar si consideraba realmente el capitán general las opiniones de otros, pues era en él esta actitud del todo nueva. Al final, qué importaba, pensé, pues conociendo cómo se las jugaba el capitán con los que le contradecían, de seguro las opiniones de los oficiales no iban a ser del todo honestas.

En este asunto, y mientras preparaba a mi señor su ración, me confesó los demonios que le atormentaban. *Hay una delicada línea, Diego, entre no levantar la ira de Magallanes y al tiempo expresarle mi sincera opinión.* Y la opinión de mi señor era que debíamos abandonar la expedición y regresar a España. Di gracias a Dios por mi trabajo de mozo, que me libraba de estar en su piel y en la de todos los oficiales, pues si a la muerte le tenía cierto respeto aun sabiendo que un día me llevaría, la muerte por los métodos del capitán general me aterrorizaba. San Martín, con su ducha mano izquierda, sugirió al capitán en su carta, amparándose en sus conocimientos, proseguir mientras durara el verano y regresar a Cádiz o Sanlúcar llegado el mes de enero.

Mas no hubo necesidad de regresar.

XIX

Los demonios
    regresan a mi señor
        en sus sueños.
¡Ahí está, la veo! ¡Mesquita nos saluda!

Le zarandeo
    con cuidado
        de no despertarle.

¡No! ¡Gomes! ¡Gomes!
¡Se va! ¡Se aleja!

Por la mañana, mi señor
    no recuerda nada.
        A Dios gracias.

Le preparo galletas,
pescado,
un vaso de vino.
    Hoy navegaremos por el nuevo mar, Enrique.

Y come con gana.

26 de noviembre de 1520

Acompañados por el atronador sonido de nuestra artillería y los gritos jubilosos de la tripulación, con banderas y estandartes ondeando, a la mañana siguiente levamos anclas y abandonamos el río del Isleo. La huida de la San Antonio estaba de seguro en mente de todos, y adivinaba que muchos hubiéramos deseado navegar en ella ahora, rumbo a casa, a la sencillez de lo conocido y hasta de las penas y penurias que pasábamos en nuestras tierras antes de partir. Ni la peste que se llevó a mi madre y a tantos otros había arrancado de mí los deseos de volver, pues las calamidades que habíamos sufrido en este viaje no habían sido menores, y a varios de los nuestros también se habían llevado.

El paisaje espectacular de estos confines del mundo me alejó durante el resto del día de esos pensamientos. Navegábamos rumbo noroeste por un canal donde las montañas nevadas caían en vertical hasta desaparecer varias leguas bajo el agua, y donde cascadas de agua cristalina se precipitaban desde sus cumbres para fundirse con las del canal. El espectáculo era de una belleza que no lograba describir. Así navegamos durante muchas leguas, y quedamente el paisaje a babor se fue tornando más desolado, las montañas como monstruos de hielo a punto de devorarnos.

Dos días después, comenzamos a sentir las olas bajo las naves, débiles al principio, acompañadas de una brisa suave que nada tenía que ver con el frío viento que recordábamos.

Y fue así que el día veintiocho de noviembre, sorteando arrecifes que con solo arañar los cascos de las naves podían hundirnos sin piedad, avistamos dos cabos. Fermoso y Deseado los bautizó Magallanes, y fueron estas las últimas lindes de tierra firme antes de adentrarnos en el tan deseado océano que nos llevaría a las Indias: habíamos atravesado el *paso*.

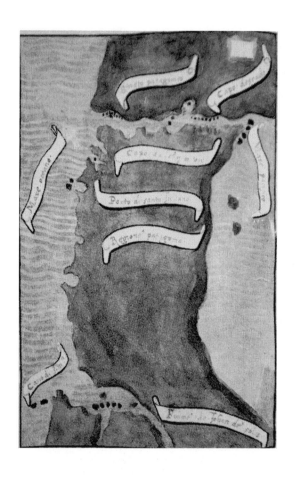

XX

Treinta y ocho días, Enrique,
me dice mi señor, mientras en su turno de tarde
    da la vuelta a la ampolleta.

Treinta y ocho días en el paso. Mas a los que nos sucedan
llevará solo unos pocos atravesarlo.
    ¿Recuerdas cuántas veces
        volvimos sobre nuestros pasos,
        retornamos para buscar a...?
Calla y se hace el silencio.
No quiere recordar.
    La San Antonio camino de España.
        El capitán Mesquita capturado y reducido.
    ¿Cómo explicará Gomes al rey...?

El mar Pacífico en nada se parece
a los mares conocidos.
    Demasiado pacífico.
    Demasiado extenso.

2 de diciembre de 1520

Llevábamos cuatro días de buena boga en este mar que éramos los primeros en surcar. El capitán general había navegado extensamente en el mar de las Indias, a donde nos dirigíamos, habiendo arribado él allí otrora por el este, desde la península de Iberia y alrededor del cabo de Buena Esperanza, al sur del continente de África. Y ahora nuestra pequeña flota de tres naves había logrado lo que nadie antes: arribar a las Indias por el camino opuesto. En pocas semanas estaríamos bañándonos en riquezas de oro y especias.

El Pacífico resultó ser exactamente lo que necesitábamos para recobrar las energías y la esperanza. Nos fue fácil acostumbrarnos a la suave brisa del noroeste, que hinchaba las velas y nuestros espíritus. Retomamos las actividades propias de la vida a bordo, teniendo que rehacer el horario de guardias, dada la renovada tripulación de las naves tras la destrucción de la Santiago y las penalidades que sufrimos atravesando el canal de Todos los Santos, en que los horarios eran la última de nuestras preocupaciones.

Mis funciones no habían variado sobremanera, y hasta me aventuré a elaborar platos para mi señor con algunos de los pescados ahumados y hierbas recolectadas en la bahía de las

Sardinas, mientras él hacía conjeturas y elaboraba conclusiones sobre nuestra dirección y posición. *Con los vientos soplando del noroeste, lo mejor es seguir rumbo norte, cerca de tierra*, dijo. *Pero en algún momento deberemos cambiar el rumbo hacia el oeste. Magallanes sabrá cuándo, confiemos en su buen juicio.*

Seguíamos rumbo norte cuando, a la vez que la temperatura subía, también las variedades de peces en el mar estaban cambiando. *¿Será señal de que andamos ya cerca de las Molucas, señor?* San Martín asintió a la vez que me dijo *Muy posible, Diego. Pero para ello aún debemos cruzar el ecuador y comenzar a cambiar el rumbo al oeste.*

No se hizo esperar demasiado, y cuando los vientos soplaron a oeste y después suroeste unas dos semanas más tarde, el capitán general anunció el cambio de dirección durante el saludo nocturno, y con el sistema de señales acordado para ello.

Durante nuestra estancia en la bahía de Santa Cruz, Vasquito y yo habíamos elaborado nuestro propio sistema de señales, que realizábamos siempre durante el día para no confundir a los capitanes o peor, ser reprendidos. Él también era versado, su padre le había enseñado a leer y a escribir. Con nuestros brazos Vasquito y yo formábamos letras y gestos que denotaban palabras, para contarnos lo que iba aconteciendo en nuestras respectivas naves. Y así me enteré de que el gigante que habíamos capturado en la tierra de los patagones había fallecido, no sin antes haber abrazado la fe cristiana, y que el capitán lo había bautizado Paulo antes de arrojar su cuerpo al mar. Me dio pena, la verdad, tener que ir a morir tan cerca, y a la vez tan lejos, de su tierra. Me pregunté si seguiría vivo de haberse quedado allá.

También supe por Vasquito que Sagredo, bien recuperado ya de su herida, juraba y maldecía por no haberle el cirujano permitido retornar antes a su nave. Reí imaginándomelo. La San Antonio iba ahora camino de España, sin Sagredo. Pobre infeliz.

XXI

Más de dos semanas
    hasta cambiar el rumbo.

Los vientos nos acompañan. También las corrientes.
    Paciencia, Enrique. Un poco más
        de paciencia.
Y sé que tanto como a mí
    se lo dice a él mismo.

Hay calma en la nave,
    trabajo
        y estudio.
Ese sobresaliente, Pigafetta, que escribe en su diario,
    ha hallado una nueva fuente:
    el patagón le enseña palabras en su lengua.

Hasta que estas se apagan.
Las encías del gigante se hinchan por días.
    Sus dientes caen
        y apenas ya puede comer
           o hablar.
A muchos otros les pasa.

¿Trajimos las fiebres de España
    con nosotros?

Mas no son las fiebres.

Es otra cosa[9].

---

[9] El escorbuto, enfermedad causada por carencia de vitamina C en la alimentación y caracterizada por debilidad, hemorragias y ulceraciones en las encías.

24 de enero de 1521

Más de un mes llevábamos en el mar Pacífico. Un mar que debía de ser fácil de cruzar, decía San Martín, con las Molucas al alcance de la mano.

Y fue entonces que arribamos a un islote[10], cuando las reservas de comida habían comenzado a escasear. El pescado fue lo que primero se agotó, y degustando las últimas sardinas recordamos aquella rica bahía en la que se contaban a millares y los festines que allí nos dimos. Las hierbas de mi señor, que al tocarlas se deshacían en polvo de lo secas que estaban, durarían, si cabe, para unos días más; después, solo para brebajes. Hasta las galletas y grano que nos quedaban en la bodega habían comenzado a pudrirse.

Es por eso que la llegada al islote fue recibida con las muestras de regocijo que nuestra debilidad nos permitió.

Nuestro gozo se truncó al no poder anclar en esas costas, tan profundas eran sus aguas que los sondeos no hallaron fondo. Con pesar, dejamos esa isla desafortunada, que Magallanes bautizó San Pablo por haber llegado allí en la festividad del santo, y unos días más tarde, el cuatro de febrero, arribamos a otro islote, mas con el mismo decepcionante resultado: no solo no

---

[10] Quizá la actual Puka Puka.

había fondo donde anclar en sus costas, sino que, además, sus aguas estaban infestadas de tiburones. Islas de los Tiburones[11], pues, las bautizó el capitán general.

Con el transcurrir de los días, la situación se tornó desesperada. El agua que nos quedaba se había podrido en los toneles y orín parecía, por su color. Y esas galletas que habíamos contado y racionado durante días eran solo un recuerdo de lo que fueron, ahora un polvo atestado de gusanos que apestaba a orín de rata y que los más remilgados se negaban a comer. *Diego, te necesito,* me decía mi señor mientras yo le preparaba su ración y me negaba a comer la mía. *No puedo, señor,* le decía, mientras él me acercaba una cuchara a la boca y yo tragaba entre arcadas.

Con el paso de cada día, los huesos que sujetaban nuestros cuerpos se dejaban trasver, y nuestras pieles eran puros pellejos descansando sobre ellos. Las ratas se convirtieron en el más preciado tesoro y, aunque al principio yo pude cazar alguna, que despellejaba y asaba para mi señor y para mí, poco a poco, hasta ellas comenzaron a escasear, convirtiéndose de este modo en fuente de un violento negocio de trueque que se llevaba a cabo en las mismas bodegas por los más fuertes y sin escrúpulos miembros de nuestra tripulación. El mismo mozo de nuestro piloto y padre de mi amigo, Vasco Galego, fue apaleado cuando intentó hacerse con una de las preciadas presas, por lo que no pudo hacerse cargo de su amo durante días.

Pero lo peor no fue la falta de alimento y agua. Una nueva amenaza, una enfermedad que no se parecía a las fiebres que se habían llevado a mi madre y a tantos vecinos, pero igual de

---

11 Probablemente, las islas Flint.

terrible, se hacía con las vidas de muchos de nosotros con cada día que pasaba. Con manchas en la seca piel y debilidad al extremo, las encías de muchos hombres comenzaron a hincharse y sus dientes, a caer. Sin poder masticar lo poco que había para echarse a la boca, muchos fueron los cuerpos sin vida que tuvimos que arrojar por la borda. El padre, sin penas fuerzas para las oraciones, levantaba su mano y hacía la señal de la cruz, miraba al cielo, suplicante, y se alejaba antes de que los cuerpos fueran lanzados al mar. Casi todos los días los veíamos ser arrojados de alguna de las tres naves, aunque a mí me pareciera que la nuestra estaba teniendo más pérdidas.

A las tareas habituales, que solo realizaban ya los pocos que no estaban en sus lechos de muerte, se había añadido la de preparar las raciones diarias de lo que era la nueva base de nuestra alimentación. Consisitía esta en una repulsiva pasta de serrín empapado en agua, acompañada de cueros asados, y así era como se preparaban: estos cueros, que servían para proteger las velas, y tiesos ahora por el viento, el sol y la lluvia, los dejábamos en remojo en agua de mar durante días, tras los cuales los pasábamos ligeramente por las brasas y los comíamos como si de filetes de vaca se trataran.

Fue a las semanas de haber caído en esta situación de desesperación extrema cuando algunos de nuestros oficiales comenzaron también a sucumbir. No es que a los ojos de Dios Padre las vidas de los grumetes y marineros perdidos antes fueran menos valiosas, pero para nuestra atormentada expedición, la pérdida de hombres sabidos de navegación era trágica.

El día en que nuestro piloto pereció por la enfermedad, reducido a un saco de huesos inerte durante días mientras yo me ocupaba personalmente de él con permiso de mi señor, fue el día en que me rendí. *¡Dios Todopoderoso, tú que todo lo puedes, llévame* *a mí también! ¡Ten piedad de este hijo tuyo! ¡Madre! ¡Por qué te llevas al padre de mi amigo!* San Martín acudió a mis gritos y me agarró entre sus brazos con fuerza y luchando contra la mía, que le empujaba y rechazaba. Tras el forcejeo, me derrumbé entre sollozos, mientras escuchaba a mi señor, *No hay por qué contárselo a Vasquito. Tú vas a vivir y yo también, y también él. Y su padre vive ya en la gloria eterna, disfrutando del banquete prometido. Y mientras nuestras velas sigan hinchadas no habrá lugar para la desesperanza, ¿me oyes, Diego? Mientras nuestra nave siga su curso y tengamos un soplo de vida, llegaremos a tierra.* Mis sollozos se habían tornado ahora un rítmico gemido que me arrullaba, y solo recuerdo las últimas palabras de mi señor antes de quedarme profundamente dormido, *Duerme, muchacho. Descansa. No hay hambre en el sueño. Solo paz... Ea... Ea...*

XXII

Días.
Semanas
han pasado
    sin rastro de las islas de las Especias,
      en un infierno.

No puedo ayudar a mi señor
    en su agonía.

¿Quién hizo estos mapas? ¿Qué farsante?
    ¡No sirven!
      ¡Las islas no están ahí!

Los recoge con rabia, los arruga entre sus manos
    y renquea hasta la ventana.
    Los lanza por la borda antes de que
      me tambalee hacia él y consiga
        salvar algunos.
¡Sí están! ¡Las islas están! ¡Señor, tenga fe!

Y es esta palabra la que
    lo saca de su desesperación.
    Hinca sus desnudas rodillas en el suelo
      y en la forma de Cristo crucificado
        cae sobre su pecho, mientras entona
      el *Pater noster.*

Me arrastro a mi rincón,
   abrazo mis rodillas,
      me encojo en una bola
         y sollozo mientras ruego a Dios
            que me dé esa misma fe.

6 de marzo de 1521

Habíamos cruzado el ecuador hacía casi un mes. Más de tres meses desde que habíamos atravesado el canal de Todos los Santos y nos habíamos adentrado en el mar Pacífico. Dos semanas desde que Vasquito era huérfano de padre. Y yo no pude cargar más con ese peso.

Mi señor yacía en su camastro, habiendo acabado su guardia nocturna, la que había elegido desde el inicio del viaje, por ser en la que las estrellas brillaban con más fuerza. Pero solo días antes el capitán general le había recriminado su ineptitud y el haber perdido su capacidad de dirigirnos. San Martín había intentado justificarse, achacando el error a Ptolomeo, el sabio que había calculado siglos atrás el tamaño de la Tierra y que, a la vista estaba, había calculado mal. *Pero capitán, ¿no se da cuenta de que este mar Pacífico es muchísimo más extenso de lo que creíamos? ¡No es a mí a quien debe culpar!* Magallanes había callado, resignado ante los hechos. Pero para mi señor la mera duda del capitán general había supuesto un duro golpe para su honor, y era ahora cuando más me necesitaba, del mismo modo que él levantó mi espíriru en mis momentos más bajos. Cuando se despertara le tendría preparada su escasa y mísera pitanza, y le haría compañía, y daría conversación si lo deseaba. Mas, para entonces, yo ya me habría liberado del peso que me acongojaba y mi amigo estaría llorando a su padre muerto.

Me asomé a cubierta y localicé la nave vigía de inmediato, navegando frente a nosotros por las siempre calmas aguas de este mar que se había tornado infinito. No veía aún a Vasquito, pues, a decir verdad, era temprano para nuestras charlas. Pero estaba dispuesto a esperar lo que fuera necesario, pues la losa del secreto de la muerte de su padre pesaba sobre mi conciencia de amigo.

Y he aquí que con los ojos fijos en la Trinidad vi movimiento, oí un revuelo inusual, y vi a los hombres de cubierta señalando al frente. ¡Una isla! ¡También yo la veía! Mi boca comenzó a salivar, el sonido de agua fresca brotando de una cascada retumbaba en mis oídos, soñaba despierto. Veía árboles, ¡había vegetación! Frutas, quizá animales que cazar, pájaros. No estaba soñando, y mis ojos no me mentían, porque pronto todos nuestros escuálidos hombres se amontonaron en cubierta saltando, abrazándonos. Estábamos salvados. Y de repente, otra isla, al sur de la primera, como una montaña salida de las entrañas del mar[12].

Nos aproximamos entre algarabía, pero demasiado débiles para siquiera sacar los estandartes y lanzar salvas de celebración. El padre dirigía las oraciones y pedía a Nuestro Señor para que esta vez sí pudiéramos echar anclas. Miré a mi alrededor. Rostros demacrados, grises, como si la sangre ya no corriera por ellos. Cuerpos en los que se podía contar cada hueso, sobre los que reposaba una capa fina, como papel. Piel seca. Olor a enfermedad y putridez.

---

[12] Probablemente, las islas de Guam y Rota, parte del archipiélago de las islas Marianas.

A medida que nos aproximábamos, una multitud de canoas, a una velocidad inverosímil, avanzó hacia nuestras naves. Giraban de proa a popa ágilmente y a placer y, sin apenas darnos cuenta y sin fuerzas para impedirlo, esos hombres subieron a nuestras naves y se hicieron con todo lo que se antojaron. Eran muchos más que nosotros, ágiles y fuertes, e iban armados, si bien con primitivos cuchillos y azagayas que parecían de piedra o de hueso, y nada pudimos hacer para que se llevaran lo poco que teníamos a la vista: cubos, taburetes, martillos, las ollas, cuchillos. ¡Hasta al padre le arrancaron la cruz de sus manos! Desde nuestra nave vi cómo esos nativos lograban liberar el esquife que arrastraba la Trinidad en su popa y se lo llevaban.

De inmediato, se oyó el tronar de los cañones de la Trinidad, ante lo cual, el capitán Barbosa alzó el grito que nos despertó a todos de nuestra inercia. Los oficiales se apresuraron a colocarse las armaduras, sacando fuerzas de donde no tenían, mientras en la confusión todos los tripulantes, sin excepción, arrebatábamos de las manos de los ladrones lo que nos habían quitado. Nuestros arcabuces y ballestas tomaron a los nativos por sorpresa y, aunque sin fuerzas apenas para sujetarlas, sus armas no fueron rival para las nuestras. El suelo de la cubierta comenzó a cubrirse con la sangre de unos y otros, mas la sorpresa de esos hombres ante la superioridad de nuestras armas fue la nuestra, al ver cómo se sacaban las flechas de sus cuerpos, atónitos, antes de colapsar, con sus ojos desorbitados entornándose, en el suelo bermejo.

XXIII

Me despierta el aroma en el aire,
    la humedad que cae, pesada
        sobre mi cuerpo.
Estoy soñando.
El hambre me hace ver lo que no hay,
    sentir lo que no es.

Abro los ojos.
No estoy soñando.
Es la misma humedad,
    el mismo aroma
        de mi infancia.

Escucho *¡Tierra!*,
    y sé que no estoy soñando.
Mi hogar…
Mi señor ya está en cubierta.
Todos lo están,
expectantes,
    esperanzados.
        Famélicos.

Y cuando arriban esos nativos en sus canoas
y suben a bordo y agarran lo que les place
y nuestros hombres se arman
y comienza la lucha
    siento estar luchando

contra los míos
       y mi sangre estar corriendo.

7 de marzo de 1521

Magallanes no va a permitir que se salgan con la suya. Esos paganos no saben quién es el capitán general ni el Dios que nos protege. Decía mi señor estas palabras no con el ánimo de amenaza ni de venganza, sino a sabiendas de los pensamientos que de seguro estaban bullendo en la cabeza del capitán general. No pude contestar, pues yo mismo había visto sus métodos y no dudaba por un instante de la profecía de San Martín. El recuerdo de San Julián aún me perseguía en pesadillas.

Así que a la mañana siguiente de haber sufrido el asalto por los nativos de esa isla, el capitán general envió un escuadrón a la orilla. Y entonces, la tamaña superioridad de nuestras fuerzas —pues se envió a los más sanos de los nuestros— se contempló desde las naves, cuando nuestros hombres arrasaron y prendieron fuego a más de cuarenta de esas casas de paja elevadas en postes donde los nativos habitaban. Y con todos los fuegos ardiendo, desde la Victoria me recordó a aquella tierra que Magallanes bautizó de Fuego, a nuestro paso por el canal de Todos los Santos, salvo que allí no pereció nadie, pues nadie habitaba, y en estas islas de las Velas Latinas, que así Magallanes las bautizó, a siete matamos y a muchos más descalabramos.

Cuando avistamos nuestras barcas regresar con el esquife que los nativos habían robado de la Trinidad, saltamos de alborozo, pero más aún por la contemplación de las frutas que traían nuestros hombres, y más cuando bebimos el agua, fresca como la de un arroyo, con la que habían llenado los barriles. Estábamos yo y otro grumete turnándonos en aporrear con un martillo esa fruta que llamaban coco y de la cual brotó una leche del más dulce sabor, cuando avistamos acercarse de nuevo esas barcas con nativos. Mas esta vez no venían a robar, sino que traían más viandas, y así pudimos iniciar el trueque con ellos, con algunas de nuestras baratijas, que así les placieron.

Fue después de dos días cuando partimos de esas islas de los Ladrones, que así las rebautizó Magallanes por lo que allí aconteció. Antes de partir, esos nativos nos obsequiaron con más fruta, pescado y agua, que tanto les agradecimos y que tanto bien nos hizo a todos, si bien para algunos fue demasiado tarde: el lombardero mayor de la flota, el inglés que navegaba con el capitán general en la Trinidad, murió ese mismo día, no habiendo podido masticar ni tragar ninguno de los manjares que los demás disfrutamos, aquejado de la extraña enfermedad.

Con los acontecimientos y hechos de los últimos días, había dejado apartado el asunto que me había estado carcomiendo, a saber, las malas noticias que tenía que dar a Vasquito. Mas mi amigo ya había sabido de la muerte de su padre por boca del capitán general, que así me lo contó él en la travesía que siguió. Para mis adentros, le agradecí a Magallanes haberme ahorrado ese mal trago y así no ver las lágrimas de mi amigo.

Una semana después de zarpar de las islas de Los Ladrones, el dieciséis de marzo avistamos otra, en la festividad de San Lázaro, y así la bautizó Magallanes[13]. Había muchas más islas en esa zona en la que nos encontrábamos, mas de difícil anclaje, por los arrecifes, y más sencillo era navegarlas en las canoas que los nativos usaban y que en varios momentos siguieron y rodearon a nuestras naves. *¡Cómo nuestra flota impresiona a los paganos!* alardeaba el capitán Barbosa, soltando sonoras risotadas, mientras desde cubierta disfrutábamos del espectáculo de todas aquellas velas persiguiéndonos como los polluelos a la gallina. Con el estómago lleno, no solo el capitán, sino todos los oficiales, habían recuperado su buen humor, a Dios gracias.

Con el recuerdo de los ladrones aún reciente, atracamos al día siguiente en una isla deshabitada, con una playa de arena fina y blanca y con árboles de cocos y manantiales de agua fresquísima. Cómo en aquel paraíso no habitaba un alma se escapaba a nuestra razón. El capitán general ordenó levantar dos tiendas, y en ellas dimos cuidado a nuestros enfermos, más que nadie el capitán general, tratándolos con gran cariño. Habíamos perdido a nuestro cirujano y el capitán general ocupó, como bien pudo, el puesto de sanador de cuerpos y de almas de los más enfermos.

Mi señor, San Martín, bajó sus instrumentos a la orilla y desde allí hizo mediciones. Yo le asistía y me daba importancia, ante la estupefacción de Vasquito, haciéndome el entendido como si yo supiera de astros y de la distancia del horizonte. Mas no iba a ser yo menos que mi amigo, que había comenzado a tomar notas de cuanto veía, empeñándose en continuar el diario que su padre, que Dios tuviera en su gloria, había comenzado.

---

[13] La isla de Samar, en lo que hoy conocemos como archipiélago de las Filipinas.

Con San Martín ocupado, y a la vista de que el capitán general se aproximaba a donde nos encontrábamos, probablemente para reunirse con el astrólogo, Vasquito y yo aprovechamos para explorar y avituallarnos. Los sonidos de la isla acompañaban nuestros pasos, tentativos, sobre la alfombra de vegetación que crujía bajo nuestros pies. Los pájaros parecían hablar con sus cantos, y de tanto en tanto nos sorprendía el salto de un árbol a otro de unas ratas voladoras, extraños animales del lugar. Y anunciándonos su ubicación por el glorioso gorgoteo de sus aguas, pequeñas cascadas cristalinas hacían de tanto en tanto su aparición ante nuestra vista.

Como leyéndonos el pensamiento, dejamos a un lado los pequeños barriles que habíamos acarreado para llenar de agua y comenzamos a descalzarnos. ¡Ay, cuánto agradecieron nuestros pies, secos y magullados, el frescor del agua discurriendo por entre sus dedos! Un calambre me corrió por la espalda de puro placer. Y no fueron solo las sandalias, sino que, tras ellas, nos desproveímos de las calzas, empapadas ya, y no más tarde de las camisas, pues si nuestros pies ansiaban desentumecerse, qué más nuestros cuerpos, escuálidos y de seguro apestosos.

Y fue gozando de este baño regio cuando, al fondo del riachuelo, avistamos pizcas que brillaban como el oro. ¡Oro! ¡Era oro! Saltando como dos críos nos abrazamos: estábamos cerca de las islas prometidas por Magallanes.

Fue ese, allí en la isla que el capitán general bautizó Aguada de Buenos Signos[14], uno de los días más felices que recuerdo.

---

[14] La actual Homonhon, en el archipiélago de las Filipinas, llamada Humunu por Pigafetta.

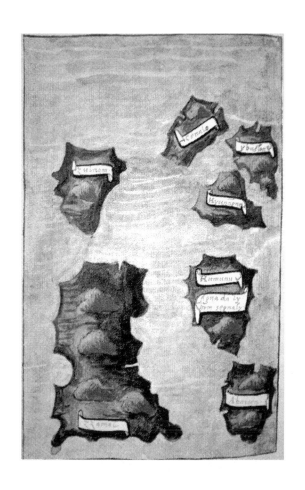

XXIV

Mi señor ya tiene color y gana,
y sus mapas,
     donde anota y garabatea
        las islas halladas.

Humunu, esta donde nos hallamos
     y levantamos dos tiendas
     para los enfermos.

Y adonde llega la canoa con los hombres,
nueve,
casi desnudos, si no por las pinturas
que cubren sus cuerpos
y el oro que los adorna.

Con cautela mi señor los recibe.

Pacíficos, les obsequia mi señor con
     tejidos, peines,
     campanas, espejos.
Y ellos le dan
todo lo que poseen:
     pescado, vino,
     bananas, cocos.
Y prometen tornar
     con más.

Así lo hacen, al cabo de cuatro días,
—hombres de palabra—, con dulces frutos,
cocos, vino de palma
     y una gallina.
Los manjares que yo
     comía de niño,
     y de esclavo cuando a mis amos
       les placía.

Ocho días moramos en la isla
donde el aire y la humedad
     huelen a mi hogar.
Donde los hombres son afables
     y no buscan la guerra,
y las mujeres, cabellos prietos hasta la cintura,
     ya he visto antes
       en mis sueños de niño.

28 de marzo de 1521

Dejamos esa isla de ensueño el día veinticinco de marzo, mi señor consternado y excitado a la vez. Más mediciones había hecho San Martín en la isla y sus cálculos no le engañaban: habíamos atravesado la línea de demarcación y nos encontrábamos en territorio portugués, no habiendo aún hallado las islas de las Especias, mas a saber por los oros que lucían esos nativos y los encontrados en el riachuelo, que nos hallábamos cerca. Su inquietud, sin embargo, no había podido ser opacada por el entusiasmo que nos inundaba a todos: habíamos dejado atrás la miseria y hambruna de nuestra travesía en el mar Pacífico, y en esa isla paradisíaca habíamos recuperado peso y color, y fortaleza, con la que defendernos en caso menester. Y las pepitas de oro, que nos anunciaban que nos hallábamos cerca de nuestro destino.

Magallanes no se sintió en lo más mínimo atribulado ante las palabras de San Martín y la noticia de que estábamos en territorio portugués, habiendo navegado hacia el oeste y atravesado toda la zona que por derecho correspondía a España, según el tratado de Tordesillas. Según Magallanes, en ese mismo tratado, España podía asumir dominio sobre estas islas si establecía puestos de intercambio comercial y alianzas con sus gobernantes.

179

Debió de ser esto lo que impulsó al capitán general a continuar la travesía, con el nuevo fin de establecer las alianzas, fundamentales para el éxito de nuestro viaje.

Estaba este mar plagado de islas e islotes, cientos de ellos, y las naves avanzaban con precaución, y con dificultad. Como de costumbre, la nave vigía nos guiaba, y nos condujo primero dirección oeste, prosiguiendo después en dirección sur por las angosturas entre las islas, muchas de ellas montañosas y de frondosa vegetación, no deteniéndonos en ninguna de ellas hasta dos días más tarde, en que avistamos hogueras en una de ellas.

El capitán general ordenó anclar cerca de sus costas, y al poco avistamos una canoa con ocho hombres allegarse a las naves. Y como fuera que esos nativos no parecían resolverse a subir a bordo —tan poderosos les parecíamos—, el capitán general les lanzó unos obsequios atados a una cuerda y, muy alegres, los prendieron y se alejaron con ellos; retornaron al rato, decenas de ellos, en dos barcazas.

En una de las embarcaciones iba un nativo de alto rango, pues estaba sentado muy regiamente bajo un toldo de ramas y engalanado con pinturas que cubrían su cuerpo; hasta desde la Victoria pude ver que lucía aros en sus orejas, y más tarde Vasquito me contó que hasta en sus dientes lucía oro. Este nativo no subió a la Trinidad, solo sus hombres lo hicieron. Y bajaron más tarde a sus barangayes con regalos, que eso también lo vimos desde la Victoria.

XXV

El aire no me engañaba,
ni el aroma de esas costas. Pues hoy,
Jueves Santo de la Pasión de Nuestro Señor,
    el rey de esa isla arriba a nuestras naves
        y entiendo lo que dice.
Mi corazón
    golpea contra mis costillas
    y apenas puedo respirar.
El sentir que me embarga
    atonta mis sentidos
        al saberme en el lugar
           de donde provengo.

Los hombres de ese rey también hablan
    la lengua de mi niñez.
        Y ante gran alegría del rey y de mi señor,
        yo interpreto las palabras de los dos.

Mi señor le hace regalos
    que sus hombres le llevan.
Y ese rey envía a mi señor
    una barra de oro
        y un saco de raíz de jengibre.
Aún no, musita mi señor,
y los devuelve al rey,
    ante sorpresa de todos,

pues oro y especias
es lo que vinimos a buscar.
En el día de Viernes Santo me envía mi señor
para hablar con ese rey, Colambu se llama.

Regreso con él,
y el rey Colambu sube hoy a nuestra nave
y entrega a mi señor
pescado y tres jarras con arroz,
y mi señor le obsequia con
telas bordadas y ropajes,
y cuchillos y espejos para sus hombres.
Y Colambu ve que mi señor
es pacífico.

Le digo al rey que mi señor quiere ser *casi, casi,*
que es decir
hermano.

Entonces, mi señor manda descargar la artillería,
lo que causa gran terror a los nativos.
Luego ordena a un oficial
vestirse la armadura
y, con otros tres hombres sin ella,
representa una falsa batalla, ante la que Colambu
se queda pasmado,
y traduzco las palabras de mi señor cuando dice que
tenemos doscientos de esos hombres en cada barco
y que uno solo de esos hombres
vale más que cien de los del rey.

Luego muestra al rey
        las brújulas, astrolabios
        y cartas de navegación
y le explico de dónde venimos
        y cómo hicimos
                para arribar hasta aquí.
El rey se ha quedado sin habla,
        así que no tengo que traducir.

El rey Colambu ofrece a mi señor
        una invitación a su isla, y mi señor
envía al escribano Pigafetta y a otro marinero,
        mientras yo me pregunto
                por qué mintió mi señor,
                si nuestros hombres
                y armaduras
                        se cuentan por decenas
                        y no por cientos.

31 de marzo de 1521

El Domingo de Pascua de la Resurrección de Nuestro Señor lo celebramos en tierra, y fue ello gracias a la buena amistad que había nacido entre nuestro capitán general y el rey de esa isla[15]. El día anterior habíamos estado observando las idas y venidas entre la Trinidad y la orilla. Primero había sido Enrique, y por qué había enviado el capitán general a su esclavo no lo averigüé hasta el día en que desembarcamos para celebrar la Pascua: ¡Enrique entendía y hablaba la lengua de esos nativos! Fue Vasquito quien me lo contó, y también me dijo que el capitán general había mercado a Enrique hacía años en Malaca, pero que el esclavo no había nacido allí, sino en una isla, y que bien podía ser en esa isla donde nos hallábamos, y que si así era, Enrique había retornado a la tierra donde nació. Hasta entonces no me había parado a pensar que Enrique, esclavo del capitán general, pudiera tener familia, pero ahora que nos hallábamos en su tierra, añoré a la mía.

Tornó Enrique más tarde a la Trinidad, mas no lo hizo solo, sino que ese rey que se llamaba Colambu lo hizo con él, y permaneció en la Trinidad largo rato. Fue entonces que oímos los

---

[15] Probablemente, la isla de Mazúa, aunque otras fuentes la atribuyen a Limasawa.

cañones, mientras el rey se hallaba allí. Esto nos causó gran sobresalto y desasosiego, mas el capitán Barbosa dijo que no había que alarmarse, pues el capitán general solo quería mostrar nuestro poderío, lo cual parecía cabal, después de que hubiésemos bajado la guardia en la isla de los Ladrones —aunque por nuestra extrema debilidad así había sido, y bien que habíamos pagado por ello—.

Al cabo, avistamos el batel de la Trinidad partir hacia la isla con dos hombres, que Vasquito me dijo luego eran el escribano y otro. Mas estos no regresaron hasta la mañana siguiente, contando que habían comido y bebido en demasía, y que el vino que les habían ofrecido los había adormecido. Y cuando regresaron en el batel que había enviado Magallanes para recogerlos, no lo hicieron solos, sino que el hermano del rey Colambu y otros tres nativos arribaron a la Trinidad con ellos. El hermano de Colambu, Siaui se llamaba, también era rey, pero de otra isla, y tampoco Colambu era el rey de la isla donde nos hallábamos, sino de otra.

Magallanes obsequió al rey Siaui y a su corte de nativos con muchos regalos. Y así, esa amistad nos permitió desembarcar en la isla ese Domingo de Pascua, y primero lo hizo el padre y unos hombres, para preparar el lugar de la misa, y luego lo hicimos todos los demás.

Esta isla es la fuente del oro del rey Salomón. Lo dice Magallanes, me dijo Vasquito mientras ocupábamos nuestros lugares para la misa. Apenas le escuché, pues mis pensamientos estaban ocupados con el recuerdo de aquella otra en la iglesia de Santa María de la Victoria de Sevilla, donde me encontré con él por primera vez, tantos meses hacía. La pompa y majestad de aquella, con la iglesia engalanada para la ocasión de la partida de la armada de Molucas y la entrada de los cinco gloriosos capitanes y sus séquitos, nada tenía que ver con el aspecto, ya recuperado pero en ningún modo sublime, de los capitanes que restaban, ni con el cielo abierto sobre el frondoso fondo de la selva de esta isla que nos servía hoy de templo. Y solo los oros que lucían Colambu y Siaui recordaban a los de candelabros, copones y panes de oro de la iglesia de Sevilla.

Ayer el rey Siaui nos habló del oro que hay en estas islas. Pepitas del tamaño de las avellanas. Te lo digo, Diego, que lo interpretó Enrique, y es verdad. Me santigüé al oír el *in nomine patris* del padre, sonreí a Vasquito y le susurré, *Pues si eso es verdad, me quedo aquí, que dicen que la pimienta te hace estornudar,* haciendo referencia a la especia más preciada —se vendía al precio del oro en España—, y que aún debíamos hallar.

Vasquito rio y asintió, y en nuestro relajo no nos apercibimos de la presencia del alguacil, que de sosquín me golpeó en la nuca con los nudillos, haciendo rebotar mi cabeza contra la de Vasquito. Sagredo no me había vuelto a molestar desde lo que acaeció en la bahía de Santa Lucía y, si bien yo pensaba que me había hecho respetar, cuando andábamos en tierra lo evitaba. Hombres de su calaña no se amilanaban, y en más de una ocasión le encontré observando mis movimientos, como cazador a su presa. Los dos con una mano acariciando el golpe, Vasquito y yo no pudimos ahogar las risas, pues ni la mezquindad de Sagredo podía fastidiar hoy nuestro gozo, por más que en el fondo a mí aún me escamara su acechanza para conmigo.

Durante la misa Magallanes volvió a hacer ostentación de nuestro poderío, y así, en el momento de la consagración, los arcabuceros, algunos de los cuales se habían quedado en las naves, descargaron la artillería con gran estruendo. Colambu, Siaui, y todos los nativos presentes, escucharon al padre con devoción, y en la misa participaron incluso, imitando nuestros actos en la veneración de la santa cruz y en la consagración de la hostia.

En acabar la misa nuestros hombres representaron un baile de espadas típico de mi ciudad, de Toledo —en donde, como todo entendido sabe, se fabrican las mejores dagas, espadas y cuchillos del país, si no de todos los confines el mundo—, a lo que siguió un banquete propio de un día tan gozoso y para el cual los reyes habían sacrificado dos cochinos.

Y fue en ese banquete que el capitán general les entregó a los dos reyes una gran cruz adornada con una corona de espinas y les pidió que la erigieran en el lugar más alto, para que fuera siempre avistada por los marineros y navegantes españoles que se acercaran a esas costas, y así supieran que se hallaban entre amigos.

Magallanes continuó hablando, y sus palabras nos dejaron a muchos inquietos, pues hizo una promesa a esos reyes de que lucharíamos contra sus enemigos. *Es una manera de hablar, Diego. Solo está mostrando a los reyes que pueden confiar en nosotros. Necesitamos alianzas, muchacho. Recuerda que estamos en tierras de Portugal.* No sé si las palabras de San Martín me tranquilizaron o no, pues lo que sí sabía era que Magallanes no desperdiciaba las suyas.

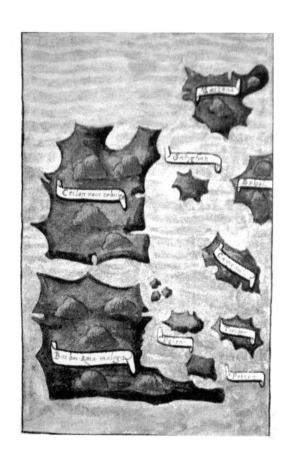

189

XXVI

Mi señor camina por cubierta
inquieto,
y no lo entiendo, pues
    todo va
        como el viento llenando las velas.

Reparo en su cojera,
a la que desde hace años soy ciego,
por la costumbre.

Aún no tenemos alimentos
que no se echen a perder, me dice, ya en su cabina,
    y es menester llenar las bodegas.
Y conseguir las especias, que es a lo que vinimos.
    Con ellas nuestro viaje será glorioso.
      Sin ellas, nuestra odisea,
        un fracaso.

Habla de partir y sus palabras me duelen,
que no lo debieran, por no ser hirientes. Mas
    mi corazón está en estas islas
    y sus gentes,
      que me entienden
        y me tratan
          como a un igual.

Empero partimos, y me recuerdo que

mi lealtad está con mi señor
y mi corazón, también.

7 de abril de 1521

Tres días hacía que habíamos partido, guiados por el barangay del rey Colambu, hacia la isla que el capitán general había elegido de todas las que el rey le había mentado, pues todas ellas eran ricas en lo que buscábamos, a saber, especias y oro.

El rey había ofrecido ser nuestro guía hasta esta isla, de nombre Cebú, y Magallanes se lo agradeció, mas antes muchos de nosotros tuvimos que ayudar a los nativos a recolectar su cosecha de arroz, de lo cual también nos beneficiamos, pues Dios bien sabía cuánta penuria habíamos pasado y cuán necesitados de alimentos que se guardaran estábamos.

Antes de partir erigimos la cruz en un lugar elevado de esa isla de Mazaua, y lo hicimos vestidos con las mejores galas, a saber: nuestros jubones y bombachos —quien los tenía—, pues el capitán general quería que esos hombres, que creían en un Abba y que miraban al cielo cuando lo invocaban, supieran que su dios era nuestro señor Jesucristo, que murió en la cruz que la nuestra representaba, y que le debíamos el mayor respeto y adoración. Rezamos el Pater noster y el Ave Maria y adoramos la cruz, y los nativos también lo hicieron. El capitán general estuvo satisfecho y dijo al partir que no solo vinimos para traer riquezas para la corona de España, sino que era nuestro deber y misión evangelizar a esos paganos, como así lo mandó Nuestro Señor.

Después de siete días, en los que navegamos entre decenas de islas e islotes, avistamos las montañas de esa isla de Cebú, y así que nos acercábamos a sus costas vimos el poblado de casas de paja y madera de bambú, y elevadas sobre estacas. Bajo esas casas, cabras, cerdos, gallinas y otros animales campaban a sus anchas. Y como habíamos hecho en esa otra isla de la que veníamos, volamos las banderas y estandartes y soltamos salvas y artillería. Y esos nativos, aterrorizados, comenzaron a correr hacia las montañas.

Muchos días pasaron antes de que desembarcáramos la mayoría de nosotros. *La diplomacia, Diego*, me había explicado San Martín, *y la cautela: queremos hacer amistades y alianzas y no perder vidas humanas en batalla.* Así que, durante días, solo Enrique y, unas veces, el escribano Pigaffetta u otros hombres fueron permitidos llegar a la isla, portando y trayendo mensajes entre su rey y nuestro capitán general.

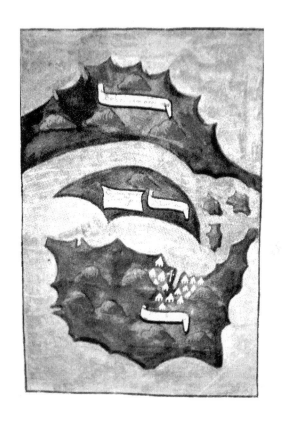

XXVII

Mi señor me envía a hablar con
el rey de esta isla de Cebú
y averiguo se llama
    rajá Humabón.

Este rajá no se fía
y pretende que paguemos tributo,
como otros lo hacen
    en arribando a su puerto.
Y un mercader de Siam, allí presente,
    lo atestigua.

Le digo al rajá que el capitán general
Fernando de Magallanes
    responde solo al rey de España,
      que es más grande y poderoso que el rey de Portugal,
    y que nuestra sola intención es
        intercambiar mercancía por comida,
          y que si quiere paz, paz tendrá,
          y si guerra,
             entonces guerra.

Al oído del rajá habla el mercader,
de seguro para no ser escuchado por mí.
Mas yo oigo
y entiendo:
    le habla de las masacres de los portugueses

en Calicut y en Malaca.

El rajá me dice
que deliberará.

Con el notario retorno al día siguiente, que es lunes,
y ese rajá,
que ayer nos dio de comer y beber antes de partir,
aún está obstinado con el tributo,
mas quiere ser
hermano de sangre con el capitán general
e intercambiar regalos.

Al día siguiente, que es martes,
ese rajá Humabón envía al mercader de Siam
a la nave vigía, donde le espera
un hombre en su armadura
y le muestra cómo luchamos.

Y ante su temor, mi señor explica:
Nuestras armas son suaves con nuestros amigos
y duras con el enemigo.
Yo sé que es una advertencia,
pues mejor ser nuestro amigo.

Esa noche arriba el príncipe, sobrino del rajá,
con el rey Colambu, que nos guió hasta Cebú,
y cenan en la Trinidad
con gran boato:
mi señor, en silla de terciopelo púrpura,
los oficiales, en sillas de cuero, o en el suelo.

198

Mi señor habla de paz
y les instruye en la fe y en los mandamientos.
    Habla a los oficiales nativos
    del alma inmortal
        y se quedan atónitos.
    E imploran bautismo
        cuando mi señor les promete
        la paz eterna para su alma inmortal.
        Y una armadura de hierro,
            si reciben las aguas.

Mi señor se arrodilla
y ora fervientemente para que la alianza
    plazca a Dios en los cielos.
        Y contagia a todos con su devoción.

Lloramos de júbilo cuando esos hombres
aceptan el bautismo
y comenzamos
a intercambiar regalos:
    arroz, un cerdo, cabras y gallinas por
    finas telas, gorras rojas, cuentas y copas de cristal.

Para Humabón,
    una capa de amarillo y púrpura
    y otros regalos ·
    que, junto con el escribano,
        le entrego en la isla.
    Buen anfitrión, el rajá,
        nos convida a comer y beber.

Y el príncipe, a su casa, donde
jóvenes de largas y negras cabelleras
danzan en cueros
para nosotros
y con nosotros.
Y el escribano está obnubilado.

Al día siguiente, que es miércoles,
traemos a un recinto que Humabón nos ofrece
la mercancía para intercambiar.

El viernes comienza el comercio, que es justo:
su oro, por nuestro metal y bronce;
sus animales y su arroz, jengibre y piedras preciosas,
por nuestros espejos, cuentas, peines, cascabeles y
telas.

Con el padre damos sepultura a dos hombres el sábado
con gran ceremonia,
para dar ejemplo,
y consagramos la plaza
donde el domingo celebraremos
el bautismo del rajá.

Mi señor exulta esa noche
y yo con él.
La misión que me encomienda Nuestro Señor
es la más importante. Más que oros.
Son estas tierras para el rey,
mas para gloria del Altísimo,
la conversión de estos paganos.

Mañana los cielos
          regocijarán.

Asiento, y sé que mi señor
    es el *elegido.*

14 de abril de 1521

Por fin descendimos a la orilla, en ese glorioso domingo en que íbamos a celebrar el bautizo del rajá Humabón y de su familia. Todo estaba preparado en la plaza, y el capitán general había ordenado que nos engalanáramos, y que voláramos los estandartes y las banderas, y que soltáramos la artillería, habiendo prevenido al rajá de esta nuestra costumbre en ocasiones tan especiales.

Como era habitual siempre que desembarcábamos, busqué a Vasquito, que había arribado primero, y lo encontré observando a Enrique, quien había desembarcado con el padre esa misma mañana para preparar el altar. Enrique estaba a la vera de la plaza conversando con unas muchachas y esa no era una escena habitual, siendo lo normal que anduviera como perro faldero del capitán general. *Buena cosa esa de hablar la lengua de los locales,* me dijo Vasquito, apercibiéndose de mi presencia a su lado. Esas muchachas de belleza inusual apenas tenían cubiertas sus partes pudendas con hojas de palma, y el cabello, color carbón, les caía en cascada por delante de los pechos. Mas Enrique conversaba con ellas como si andar en cueros fuera lo acostumbrado, mientras yo sentí mis mejillas bullir por el pudor como si me las hubieran abofeteado.

Dejó Enrique a las muchachas y tornó a la plaza, mientras Vasquito y yo las observábamos alejarse, ocultando sus risas tras sus manos. Nos dirigimos al lugar de la ceremonia, a donde habían comenzado a arribar marineros y nativos. Y he que cuando me estaba sentando en el suelo junto a Vasquito, habiéndonos hecho un hueco entre la muchedumbre, apercibí a una de esas muchachas observándome, medio oculta tras de un árbol. Miré hacia los dos lados, pensando que no era a mí a quien miraba. Mas ella sonrió, y yo le devolví la sonrisa, y durante toda la ceremonia no tuve ojos más que para ese árbol y el fruto que escondía.

No fue hasta que Vasquito me dio un codazo y observó que el capitán general parecía como venido del cielo, que posé la vista en Magallanes. El capitán general estaba en el centro de la plaza junto con el rajá Humabón, el rajá Colambu y otros oficiales. Vestido completamente de blanco, como Jesucristo transfigurado, en contemplándole tuve que dar la razón a Vasquito, pues más que el adusto y duro capitán que me era familiar, al que se encontraba ante nuestros ojos le faltaban las alas para parecer un arcángel.

Comenzó la ceremonia con gran solemnidad, y se prolongó sobremanera, pues, a la postre, no solo el rajá Humabón y el rajá Colambu y otros oficiales fueron bautizados, sino que hasta quinientos nativos lo hicieron.

Humabón tomó el cristiano nombre de Carlos, en honor de nuestro emperador, y su sobrino, el príncipe, el de Fernando, en honor a su hermano. Me maravillé de la devoción con la que recibían las aguas del bautismo y de la presteza con la que habían abrazado nuestra fe, y para mis adentros me pregunté si habría ocurrido lo mismo que con los apóstoles y los primeros cristianos y el Espíritu Santo había descendido sobre todos ellos. Mientras oía a Magallanes instruir a los reyes y a los nativos sobre Nuestra Santa Madre, y a nuestros hombres plantar la cruz en medio de la plaza, y a Magallanes demostrarles e instruirles en cómo adorarla, pensé que nuestro capitán general era realmente un elegido de Dios y que el Espíritu Santo hablaba por él, y que por eso los nativos abrazaban nuestra fe con tal presteza y devoción.

Siguió a la ceremonia del bautismo la santa misa, ante la cual los nativos mostraron gran reverencia. Yo empeñé la mayor parte del tiempo distraído en la contemplación de la muchacha, o más bien de su precioso rostro y de la larga melena que caía a lo largo del tronco, aliviado en cierto modo de que el árbol que la ocultaba cubriera los contornos de su cuerpo de mujer. Sentí un codazo en las costillas. *Tienes cara de memo*, dijo Vasquito mientras señalaba a la muchacha con la barbilla. *A lo mejor el malayo le puede dar un beso de tu parte.* Me sentí ridículo y le dije que de qué hablaba, y cuando cerró los ojos y apretó sus labios como si fuera un pez, le devolví el codazo, que contestó con un ¡ay! y una risa abierta. Esta vez al alguacil le pilló alejado de nosotros, pero nos dirigió una mirada punzante que no pudimos ignorar.

Acabada la ceremonia, los capitanes nos ordenaron dirigirnos a las naves.

Mas yo no iba a perder esa oportunidad. *No necesito a Enrique*, y ante su estupefacción, dejé a Vasquito y me dirigí hacia la muchacha, caminando en contracorriente de la tripulación y mezclándome con la muchedumbre de nativos. Pero cuando llegué al árbol, la muchacha había desaparecido. Busqué, sin fruto.

Retorné a la nave y serví la cena a mi señor, sin poder alejar de mis pensamientos la imagen de la joven y preguntándome cómo había desaparecido ante mis ojos. Y cuando el capitán

Barbosa pidió voluntarios para asistir a la ceremonia de la noche, fui el primero en dar un paso al frente, con la única esperanza de volver a ver a la doncella que nublaba mi cordura y cuya sonrisa ensombrecía al sol.

Bajé a tierra con el corazón palpitando bajo mi pecho, tal era la ansiedad que sentía ante la expectativa de volver a ver a la muchacha, mas tuve que asistir a la ceremonia para no levantar sospechas. Me alegré de ver a Vasquito, que probablemente había leído mis pensamientos. *Va a estar emocionante el bautismo de las mujeres,* me susurró al oído en cantinela. Le di un empujón, a sabiendas de su sorna. Pero lo cierto fue que si la ceremonia de la mañana había llenado nuestros corazones de gozo, la que siguió esa misma noche no lo fue menos.

Las esposas del rajá Humabón y el rajá Colambu y muchas otras mujeres fueron bautizadas, y la nueva reina Juana, que así tomó el nombre la esposa de Humabón, mostró gran reverencia ante una imagen de Nuestra Señora y una talla de madera del Niño Jesús. *Pues vestidas tampoco se quedan en menos,* me susurró Vasquito al oído, y yo no pude menos que asentir. La reina era bellísima, y su vestido blanco y azabache resaltaba sus uñas y labios color escarlata y la larga cabellera negra, que era tan típica de esas tierras.

Mas por más que miré por todas partes, no pude encontrar a la joven que me tenía poseído.

El capitán general estuvo muy satisfecho ese día, pues al final de ese domingo más de ochocientos nativos habían sido bautizados. Y en mi mente bauticé Esperanza a la joven, pues con la esperanza de volverla a ver me retiré a la Victoria.

XXVIII

Pasan los días
en esta isla de Cebú
donde me siento a gusto
y creo
      no querer dejar.

Mas sé la misión de mi señor
y mi lealtad a él es firme.
Inquebrantable.
      Seguiré a mi señor
           hasta la muerte.

Habla a las gentes
del respeto a los padres
      y de otros mandamientos.
De Nuestra Señora y Santa Madre
      y de su hijo, Jesucristo.
Y todos los días celebramos
      la santa misa.

Hace a los rajás jurar
      obediencia al rey de España
         y besarle la mano.

Y a la reina, enamorada
      de la imagen del Niño Jesús,

se la regala,
y le pide que su pueblo
con todos sus súbditos
      quemen sus ídolos
            y adoren solo
            a Nuestro Señor
            y veneren
                a su Santa Madre.

24 de abril de 1521

*P*ero es que ya olvidó a lo que vinimos? *¡Majadero!* *¡Besasantos! ¡Todos estos meses de cuitas y miseria, para qué! ¡Para convertirnos en misioneros!*

Barbosa caminaba a zancadas por cubierta, visiblemente enojado por continuar en la isla de Cebú. Magallanes bajaba a tierra todos los días, donde pasaba largas horas instruyendo al rajá y a su familia en cuestiones de la Iglesia. Y este celo evangelizador se fue intensificando con el pasar de los días, ante el creciente asombro y temor de la tripulación. Continuaba bautizando y prometiendo a diestro y siniestro que los enemigos de esos nuevos cristianos eran los enemigos de España, y exhortaba a todo aquel natural de cualquier isla de ese archipiélago a convertirse a la fe verdadera o a enfrentarse al poder de nuestras armas.

Es parte de su plan, Diego, me tranquilizó San Martín. Le estaba sirviendo la cena, y tantas veces lo había ya hecho y tan junto a mi señor había convivido durante tantos meses, que el astrólogo conocía todas las expresiones de mi rostro, y mis temores. *Se dice que mataremos a cualquier otro rajá que no le obedezca, señor. No tenemos tantas fuerzas,* le contesté. San Martín se llevó una cucharada de arroz a la boca parsimoniosamente, y como yo también conocía sus hábitos y maneras, supe que me estaba mostrando que no había nada que temer. *Recuerda que tenemos que establecer alianzas para reclamar estas islas para el rey Carlos. Somos afortunados de que el rajá Humabón haya abrazado nuestra fe y haya aceptado reclamar su poder ante otros líderes de estas islas hasta que podamos traerle refuerzos de España.*

Estas palabras de San Martín, si no me tranquilizaron, al menos me confirmaron que regresaríamos a España, que no nos quedaríamos en esas islas por siempre. Mas mi corazón estaba ahora dividido, y sus palpitaciones cada vez que bajaba a tierra me decían que quizá no quería volver, que yo ya había encontrado el tesoro que andaba buscando.

Entonces ocurrió el milagro. Había un hombre enfermo que no se había bautizado en la ceremonia por estar postrado, y por el que los cebuanos hacían muchos sacrificios a sus ídolos. Magallanes les ordenó quemar esas figuras y les prometió que si así lo hacían, y si el hombre recibía las aguas del bautismo, sanaría. Su familia consintió, y fue así que muchos formamos en procesión en la plaza, y con gran pompa desfilamos hasta la casa del enfermo. Y allí Magallanes lo bautizó a él, y a sus hijas y esposas, y por la gracia de Dios el hombre sanó. Todos fuimos testigos de este milagro, y los cebuanos tuvieron gran temor de Dios; y el capitán general, tornado mensajero divino, se sintió invencible.

Para mí, más milagros acontecieron en esa casa: una de las hijas del enfermo era mi doncella, Esperanza.

XXIX

Mi señor ha enviado
mensajes a otras islas. Algunos líderes
repudian a Dios
    y al rajá Humabón.

Sigue bautizando
con el padre
    y sembrando la palabra de Dios
        mientras nuestros hombres
            siembran con sus semillas.

En esta isla de Cebú
    la ira crece.
    Lo sé. Escucho a sus hombres.
    Y a sus mujeres
        gozar con los nuestros.

¿Qué tienen nuestros hombres
    de lo que los nativos carecen?
¿Y qué los nativos
    que los nuestros no?
Lo que sea que fuere
    gusta a las mujeres
        y levanta
            la furia de sus hombres.

Presiento
el final de la fiesta.

25 de abril de 1521

Un nuevo capitán, Cristóbal Rebelo, fue asignado a nuestra nave, y las habladurías corrieron como gota de aceite sobre tejido de lino: se decía que el nuevo capitán era el hijo bastardo de Magallanes. También se murmuraba que Duarte Barbosa había sido cesado de su cargo de capitán de la Victoria por sus correrías con las mujeres de Cebú. Y que si el capitán general lo había depuesto, a pesar de ser su cuñado, qué más no haría con los oficiales y marineros que habían levantado la cólera de los hombres de Cebú.

Durante los tres días en que el capitán Barbosa se había ausentado, los oficiales que no se habían rendido a la debilidad de sus libidos tuvieron que asumir las responsabilidades de la nave anclada. Uno de ellos fue mi señor, Andrés de San Martín, más enamorado de su oficio y de las estrellas del firmamento que de las de este mundo. Tanto fue así, y tan ocupado andaba en ajustar sus mediciones y en completar sus notas, que yo también pude darme al relajo. Y fue así que tuve ocasión de disfrutar del hechizo del amor, que había descubierto en esta isla.

Habían pasado dos años desde que, con apenas una pelusilla bajo la nariz, había dejado mi casa y mi ciudad de Toledo, a mi padre y a mis hermanas, y enterrado a mi madre poco antes de partir. Dos años en que mi hombría se había ido formando, quedando aletargada durante tantos meses en compañía de hombres, esperando ser despertada. Y había ocurrido en los cálidos brazos de Esperanza, que me susurraba palabras que no entendía y alejaba cualquier demonio que me atormentara. Su corazón era mío y suyo el mío. Mas era solo el corazón, y quizá también la razón, pues bien sabía que su cuerpo dorado y suave era un cántaro labrado por Dios, y la voz de mi madre —o de la Santa Madre, que en mi corazón sonaban igual— me susurraba que era sagrado. Esperanza no sabía de las cosas de Dios, y yo le explicaba con mis gestos y con mis palabras, que ella no entendía. Esperanza sonreía y asentía, y embriagado de calor y de amor, acariciaba sus cabellos y el tiempo se detenía.

Mas qué pronto comprendí la debilidad del alma humana, y cuán dulces eran los pecados de la carne. Mis lecciones de mesura no debieron de ser bien aprendidas por Esperanza, y una tarde, amparados en la espesura de la vegetación, embriagados de la fragancia de la selva y envueltos en la sofocante humedad que caía, pesada, sobre nuestros cuerpos, sus brazos guiaron los míos y su cálido aliento me invitó, mientras, hechizado por sus susurros, nos acomodamos en los brazos del otro. El tiempo se había detenido. Mi corazón palpitaba y lo sentía retumbar en mis sienes. Estaba embriagado y creí estar en el cielo.

Vaya, vaya. Dos tortolitos por el precio de uno. Salté de un brinco, intentando a malas penas ocultar a Esperanza, que yacía en el suelo, azorada. La sentí incorporarse, y su resuello en mi nuca, mientras a duras penas hacía mi cuerpo grande y me engallaba cuanto podía para protegerla de Sagredo, a la vez que me maldecía por haber bajado mi vigilancia. *No pensarías que tu osadía iba a quedar impune, ¿verdad? Casi me matas, bellaco. Y por tu maldita suerte la San Antonio se volvió a España sin mí. Canalla. Malnacido. Eso... eso, niñato, no te lo perdono.*

Sus dedos se enroscaban y desenroscaban sobre sí mismos, haciendo y deshaciendo un puño; los brazos, tensos a lo largo de sus costados. Quería contestarle. Distraerle. Decirle que había sido él quien me había provocado. Que yo no tenía la culpa de su suerte. Mas me contuve. Temía por Esperanza. Sentía su cuerpo temblar a lo largo del mío. No, no podía provocar la ira de Sagredo. Dirigí una mirada furtiva sobre su cabeza. En ese breve instante en que apartó sus ojos de mí, deslicé mi mano por el muslo. Pero los ojos del otrora alguacil habían vuelto sobre mí.

No busques tu cuchillo. Qué digo tu cuchillo: como ves, ahora es mío. Sagredo mostró mi morral, que había ajustado tras su cintura y que ahora alzaba, mientras una sonrisa cínica dejaba entrever su negruzca dentadura. Ceremoniosamente y sin apartar sus ojos de mí, introdujo su mano en el morral y procedió a sacar el cuchillo. Fijé mis ojos en él. En la fina hoja toledana. En el sencillo mango de madera que las sucias manos de Sagredo asían. El mismo mango que mi padre había sujetado. Mi odio hacia ese malnacido cegó toda cordura y me abalancé sobre él mientras gritaba *¡Corre, Esperanza!* Como un toro bravío le embestí de cabeza y le hinqué mis marfiles.

Y fue entonces que vi a Vasquito alzando la peña y a Sagredo derrumbarse, y lo siguiente que recuerdo es a Vasquito abrazándome, el sabor metálico de la sangre de Sagredo, la mía correr por mi brazo, y a ese hijo de perra tirado en el suelo, agarrándose la cabeza con las dos manos y gimiendo como un cachorro.

XXX

Humabón le ruega,
  le advierte,
    le previene.
Pero Humabón no le conoce
  como le conozco yo.

Mi señor se ofende
ante la oferta del rajá: mil hombres
para asistirle,
    apoyarle,
      ' protegerle.
  Atacar primero
    y debilitar a los guerreros
      del rajá rebelde.

Humabón le advierte de la fuerza de
Lapulapu, rajá de Mactan.

Majestad Humabón:
  agradezco su generosidad.
  Mas su desazón no cabe
  en mi entendimiento. Le mostraré
  el poder de las armas españolas
    y el valor de sus guerreros.
  Lapulapu no los conoce. Ni a Dios,
    de quien reniega.

Mi señor habla
con las palabras de su corazón
y con la certidumbre
    de que Dios le guía
      y de que él es
        el elegido.

26 de abril de 1521

San Martín no había dado más importancia a mi herida, que, por otro lado, era leve y poco profunda. Una piadosa mentira —*caí y me rasguñé*— me había salvado de preguntas inquisitorias. Y hoy casi podía estar seguro de que Sagredo no volvería a molestarme. Ni a mí ni a ninguno de los grumetes y mozos que, me enteré, había estado atormentando en la Trinidad. Con el alguacil aún gimiendo, le habíamos dejado claro a ese cobarde que, si con dos de nosotros no había podido, con la fuerza de una docena se podía considerar hombre muerto, y que bien fácil nos resultaría despedazar su cuerpo y darlo a comer a los tiburones sin que nadie le echara en falta. *Y si te acercas a la muchacha, juro que te rajaré yo mismo.* Me sobrecogí al escuchar mis propias palabras. Hasta no hacía mucho no hubiera sabido siquiera pronunciarlas. Mas ahora tenía algo por lo que luchar que no era mi propia vida, y lo defendería con la misma.

Aún no había podido ver a Esperanza desde el desgraciado incidente del día anterior, cuando Magallanes decidió que había llegado el momento de mostrar el poder de la armada española a aquellos que lo desafiaban. Según mi señor, San Martín, fue el rajá Humabón de esa isla de Cebú quien, el mismo día de su bautismo, le contó al capitán general que muchos jefes de islas vecinas se negaban a someterse a su autoridad. A mí, cuando me lo contó mi señor, lo que me pareció es que ese rajá quería aprovecharse de la fuerza de los españoles para someter a todas esas islas. Pero no dije nada; al fin y al cabo, quién era yo, un pobre mozo, para hacer esas observaciones.

El caso es que Magallanes envió a algunos de los nuestros a castigar a esos jefes, y una de esas islas prendieron en llamas y se hicieron con su ganado y otros animales. Los jefes de otras islas, viendo lo que les esperaba si no se sometían, hicieron ofrendas a Humabón.

Pero el jefe de la isla llamada Mactán desafió al capitán general. Lapulapu se llamaba ese rajá.

Me uní a la misión para derrocar y someter al rajá Lapulapu tan pronto como Gómez de Espinosa, el alguacil mayor, pidió voluntarios. Era una empresa peligrosa, mas el capitán general la lideraba y Espinosa le acompañaba, lo cual, a mis ojos y a los de muchos, aseguraba su éxito. Además, el peligro me animaba.

Me sentía un hombre nuevo, invencible tras el suceso con Sagredo, cuya huella aún escocía en mi brazo. Iba a dar a Esperanza una nueva muestra de cómo luchaban los hombres cuando eran guiados por Dios. Y cuando esa isla de Mactán y su pagano rajá Lapulapu hubieran sido aniquilados, o convertidos, y las naves españolas partieran hacia las islas de las Especias, anunciaría a mi señor, San Martín, mi decisión de permanecer en Cebú. Después pediría a Magallanes que me otorgara un cargo que me hiciera respetar como representante de la corona española en la isla, hasta que arribaran los refuerzos de España. Luego, cuando eso ocurriera, y habiendo sido merecedor de otro cargo de más relevancia por haber realizado mi labor con lealtad, lo asumiría con humildad y con responsabilidad. Sobraba mentar que antes de que partieran las naves, pediría al padre que me desposara con Esperanza, cosa que el capitán general aprobaría con gusto, como una muestra más al rajá Humabón de la alianza perpetua de España con esas islas.

Complacido con mi plan y con la decisión que había tomado, anuncié a Vasquito que partía con la tropa de voluntarios a doblegar al rajá de Mactán. *Estás loco, Diego. ¡Que estos son guerreros de verdad!* Y me inquietó su semblante, sinceramente alarmado.

Quizá Vasquito tenía razón: una cosa era amedrentar a un cobarde pendenciero y otra, muy distinta, alzar la lanza para matar. Mas había tomado una determinación y no me amilané, y lo más que pude hacer por Vasquito fue decirle que siempre había una primera vez para todo y asegurarle que por siempre seríamos amigos, dondequiera que cada cual dirigiera su destino.

También San Martín intentó disuadirme, pero fracasó. Y no compartí con él mis propósitos de futuro, pues al fin y a la postre yo era su mozo, y mis planes suponían para él la pérdida de mis servicios. A Vasquito no le había guardado ese secreto, pues a él solo me ataban los lazos de la amistad y no los de servicio. Mas él se aferraba a la desazón que le producían mi alistamiento y mis planes, e intentaba con todos los argumentos hacerme desistir. *Doblemente loco. ¿Es que te has olvidado de las especias?¿Del oro? ¿De lo ricos y respetados que seremos cuando regresemos a España? ¡Las ropas de Cartagena no tendrán comparación con los linos y sedas que tú y yo vamos a lucir por las calles de Sevilla!*

Oía a Vasquito, pero no le escuchaba, pues yo había encontrado mi oro: estaba en Cebú y se llamaba Esperanza. Y puesto que el capitán general había prohibido desde nuestra partida la presencia de mujeres a bordo, no me dejaba más elección que quedarme y formar familia en estas islas.

Esa noche, tras la cena, comenzaron los preparativos. No había vestido nunca la armadura, y solo su peso me hizo perder el equilibrio. *¡Zagal, pero si con esto no puedes, cómo vas a empuñar una lanza!* se rio el oficial que la puso en mis manos, agarrándome del brazo para ayudarme a ponerme en pie. Ahogué un gemido de dolor al sentir sus dedos apretar la herida. *Y tienes suerte: ¡ni siquiera vamos a portar las grebas!* Magallanes y Espinosa habían decidido que, puesto que avanzaríamos bajo la oscuridad de la noche y desembarcaríamos cerca de la orilla, sería imprudente cubrirnos las piernas, puesto que en el último trecho avanzaríamos en el agua.

Aún así, calculé que ese corselete pesaba como una saca de alubias. Me lo puse, y también la celada, y me sentí extraño y a la vez invencible. Subí a duras penas a una de las tres galeras, habilitadas para el combate con pivotes sobre los que giraban las armas. A los voluntarios se nos distribuyeron lanzas y espadas, y a los más experimentados, arcabuces y ballestas. Esa tarde, Espinosa nos había hecho una demostración de cómo usar las lanzas a los pocos insensatos —esas fueron sus palabras— que, como yo, querían alcanzar la gloria en esta batalla sin haber nunca empuñado un arma. Me sentí aventajado, pues recordando mi último encuentro con Sagredo, poco sabía Espinosa que entre ellos ya no me contaba.

Lo cierto era que Magallanes había pedido voluntarios para esta misión en lugar de convocar a los oficiales más experimentados, y era esto porque, sabiendo que luchábamos bajo la protección de la Santísima Virgen y en nombre del rey de España, estaba convencido de nuestra victoria. Algunos de los otros capitanes recelaban. Vasquito me contó que los oyó discutir con el capitán general. y cómo incluso el capitán Serrano había acusado a Magallanes de haber perdido el juicio.

Mas ni esas palabras de Vasquito me habían desanimado, convencido de que, con la intención de protegerme, las exageraba. Yo había visto a Magallanes luchar y no temblarle el pulso cuando ejecutó a Quesada y a Mendoza en San Julián. Al mando del capitán general, nuestra victoria frente al rajá de una pequeña isla del mar Pacífico estaba asegurada.

A medianoche partimos.

XXXI

Con sesenta hombres en tres galeras
    mi señor, Fernando de Magallanes,
    capitán de la armada de Molucas,
    que solo responde a Dios y al emperador y rey de España,
    someterá a Lapulapu
        y arrasará su poblado,
            como ha hecho con otros
            en esas islas.

Y Humabón y sus mil hombres
    observarán desde sus canoas
    y se maravillarán
    de cómo pelean
        y vencen
    los españoles.

Mis piernas flaquean.
Yo sé del orgullo
de esos mis hermanos
    que lucharán a morir.

Mas por Magallanes,
    mi señor,
    mi padre,
    mi todo,
    —el elegido—

yo también
    lucharé a morir.

27 de abril de 1521

Sentía mi corazón palpitar contra el frío metal del peto y el sudor correrme por los costados bajo el inexpugnable caparazón. Recé mis avemarías con los ojos puestos en las estrellas, mientras las galeras avanzaban lentamente sobre el calmo mar de azabache. Solo se oía el silencio de la noche, acompañado por el acompasado chascar de los remos contra el agua. La travesía sería breve, pues solo era menester cruzar la angostura que separaba la isla de Cebú de la que llamaban Mactán. Había comprobado, con agrado y sin sorpresa, que Sagredo no se contaba entre los sesenta hombres que iban a llevar a cabo esta misión. No había de sorprenderme, Sagredo era un cobarde.

Cuando el capitán general ordenó echar las anclas, me pareció que aún nos hallábamos lejos de la orilla. Entonces, oí a un oficial *Maldita bajamar*, y a otros mascullar que si nos acercábamos más, chocaríamos contra los arrecifes.

Fue así que aguardamos en ese punto hasta que, poco antes del amanecer, el capitán general dio la orden. Desembarcaron varios hombres, y me disponía a poner los pies en el agua, habiendo podido trajinar con mi peso hasta ponerme en pie sobre la barca, cuando Espinosa me detuvo. *Tú te quedas a vigilar.* Lo escuché pensando que se lo decía a otro, cuando le sentí presionándome el hombro. *Necesitamos hombres de guardia y con las barcas preparadas.* Mis orejas ardían por la impotencia, mas nada pude hacer: Espinosa ya se alejaba junto con los otros, ballesta en mano y con el agua hasta los muslos. Y yo debía obedecer.

Desde mi privilegiado lugar de observación y con mi frustración disipándose así se abría el día, divisé a nuestros hombres avanzar hasta la orilla. Según arribaban se adentraron en el poblado, que extrañamente parecía desierto, y comenzaron a prender fuego a las casas. Los fuegos me pillaron por sorpresa, y no había acabado de santiguarme, esperando que no hubiera habido inocentes dentro de esas moradas de paja, cuando, sin previo aviso, avisté a los guerreros de Lapulapu cargando desde los flancos y lanzando alaridos que desconcertaron a nuestros hombres.

No dio tiempo a reaccionar.

Mis gritos se ahogaron entre los de los salvajes. Magallanes gritó una orden que apenas pude entender y nuestros guerreros se dividieron en dos bandos. En lo que es visto y no visto, comenzó una batalla sin tregua. Nuestros arcabuces y ballestas no eran rival para la defensa que proporcionaban a los nativos sus escudos y la fiereza con que arrojaban sus lanzas, flechas y azagayas. Ni los disparos de nuestros mosquetes, que atravesaban sus rudimentarios escudos y llegaban a acariciar sus brazos, los acobardaron, y continuaron peleando como poseídos.

Fueron unos minutos eternos mientras contemplábamos, atónitos e impotentes, el devenir de la batalla. Al cabo, el tronar de nuestras armas se fue haciendo más esporádico, y desde una de las barcas oí *¡Se están quedando sin munición!*, y a otro en la que yo estaba, rogar *¡Que la Virgen nos ampare!*

Viendo que nuestros guerreros iban cayendo, los nativos lucharon con más fiereza si cabe, lanzando piedras y lanzas a los

228

nuestros y apuntando a las piernas con sus lanzas y flechas —¡maldita la hora en la que dejamos atrás las grebas!—. Muchos de los nuestros comenzaron la retirada y, ante mi estupefacción, vi cómo una flecha atravesó a nuestro nuevo capitán, Cristóbal Rebelo, que cayó muerto.

Magallanes siguió luchando con furia mientras muchos de los hombres corrían hacia las barcas, no sabía si por cobardía o por orden del capitán general.

Y hete que uno de los guerreros de Lapulapu golpeó el yelmo de Magallanes, descubriéndole el rostro. Casi al tiempo, uno de los nuestros le ayudó a colocárselo sin dilación, y juraría que era Enrique. Mas en esos breves instantes en que su rostro estuvo descubierto, los nativos supieron quién era nuestro capitán y cargaron contra él. Varios hombres, entre ellos Gómez de Espinosa, se debatían a su alrededor para defenderle. Mas, para entonces, los enardecidos guerreros de Lapulapu ya habían descubierto su punto vulnerable: una lanza atravesó la descubierta pierna del capitán general y una azagalla le atravesó la otra, y otra lanza el brazo, y ya no tuvo fuerzas para sacar su sable, sino para gritar la retirada antes de que una nueva lanza le atravesara la garganta.

Grité, desesperado y sin poder creer lo que mis ojos contemplaban —todos lo hicimos, atónitos ante la escena— y el capitán general cayó, moribundo, en las aguas. Los nativos se ensañaron con su cuerpo hasta que no vimos más de él, y solo recuerdo a continuación al resto de nuestros hombres correr a las barcas como almas perseguidas por el diablo.

Y a Enrique, inmóvil, su rostro desencajado, contemplando cómo el cuerpo del capitán general era linchado.

XXXII

Mi señor,
mi guía y mi maestro
            ha muerto.

En el mar donde yo crecí
      y donde me adoptó.

Qué ironía.
Qué vacío.
            Náuseas.

Me alcanzaron a mí también, con una lanza, creo.
Emponzoñada.
Poca cosa.
      Nada
            comparado con mi señor.
Han destrozado mi corazón
      y mi razón de vivir.

Las lágrimas de Humabón
son las que mi alma derrama
—mi ser no puede—
por mi señor
      y guía.
En su cabina
me hago pequeño,

desaparezco
    bajo una manta
        y lloro lágrimas
            de verdad.

29 de abril de 1521

Mi futuro se truncó antes de comenzar. Mis planes, tumbados como una baraja de naipes. Mientras las barcas se alejaban de esa isla maldita, vi el bello rostro de mi amada en mis sueños despierto, tras la cortina de lágrimas que opacaban mis ojos y que a duras penas podía contener. Y no sabía si lloraba por la muerte del capitán general o por la de mi porvenir. ¿Había esperanza para mí y para Esperanza? ¿Me seguiría amando a pesar de la derrota? Cada golpe de remo era un azote a ese mar que ahora odiaba y a este viaje que volvía a tornarse en pesadilla.

La arribada a Cebú me trajo un mal presagio. El rajá Humabón lloraba la muerte del capitán general. Se daba golpes en el pecho y gritaba palabras que no entendíamos, mas sí sus gestos, señalando a sus más de mil hombres, que hubieran estado dispuestos a apoyar el asedio de nuestra pequeña armada si así Magallanes lo hubiera permitido.

Mientras, sus hombres observaban, inmóviles, sin expresión primero, con desagrado después, a la armada española, la invencible, que acababa de ser vapuleada y su cabeza, cortada de tajo por sus enemigos. Uno a uno los hombres de Humabón se fueron dispersando, y la expresión descompuesta en el rostro del rajá se fue reponiendo, hasta que pudo contener sus sentimientos y, con aire regio, casi altivo, se alejó también, dejando a los españoles supervivientes sin saber qué pensar ni cómo actuar.

Reunión en la Trinidad, anunció Espinosa.

Y fue allí que los oficiales votaron nuevos cargos y planearon partir. Duarte Barbosa, qué ironía, recién depuesto de la capitanía de la Victoria, tomó el mando de la Trinidad, la nave insignia. Bien era cierto que era hermano de la esposa del difunto capitán general, pero también lo era que este mismo le había arrebatado el mando por su incompetencia al abandonar la nave durante días a cuenta de su comportamiento libidinoso, lo cual había acarreado levantar la ira de los nativos y quién sabe si también la del rajá Humabón.

A Dios gracias se nombró capitán general a Juan Serrano, hasta hoy capitán de la Concepción, que había sido siempre fiel a Magallanes. Y para la Victoria, un nuevo capitán, el tercero en pocos días: Luis Alfonso de Goes, que venía de la Trinidad.

XXXIII

Me halla Barbosa,
capitán ya de la Trinidad,
    de la que lo fue mi señor.
Parece un insulto
a la memoria de mi señor: ese indeseable
    acosador,
      odiado por los hombres de Cebú,
    con lascivia en el cerebro
        me ordena bajar a tierra,
        en Cebú,
    y reclutar pilotos:
            hay que partir.

No puedo moverme.
Mi dolor y mi pena
    me anclan. No tengo
      razón de vivir.

Me amenaza,
    ¡Serás el esclavo de mi hermana
      hasta que mueras,
        y ni un maravedí verás!

Doña Beatriz,
la esposa de mi señor.
    ¿Cómo mujer tan noble

puede llevar la misma sangre
que este indeseable?

No me importa servir a la señora de mi señor,
y sería un honor.
Mas mi cuerpo no responde
a las palabras
que ese necio escupe.

¡Si no te yergues,
mandaré que te azoten!

Despiertan mis huesos
y reaccionan mis músculos
ante su mano alzada,
movidos por el desprecio
hacia el nuevo capitán,
que ha perdido mi respeto
antes de ganarlo.

30 de abril de 1521

La primera orden del nuevo capitán general Serrano fue clausurar la factoría que habíamos establecido en Cebú, y donde el trueque de bienes con los cebuanos había sido muy lucrativo. *Partiremos de inmediato*, anunció.

Mi corazón dio un vuelco al escuchar sus palabras. ¿Partir? ¿De inmediato? La angustia se me hizo un peñasco en el estómago y apenas acertaba a pensar. ¿Qué hacer? Tenía que encontrar a Esperanza. ¿Pero qué decirle? ¿Que la dejaba porque así lo ordenaba mi capitán? ¿Que el invencible Magallanes, tocado por la mano de Dios, había sido derrotado por unos paganos? ¿Que el Dios que les habíamos traído nos había abandonado? No, yo no lo creía así. Era el capitán general el que había sido un insensato, el que no había aceptado la ayuda de Humabon, conocedor de estas tierras y de sus guerreros. Dios, su Hijo y la Santa Virgen seguían con nosotros, y yo se lo iba a demostrar a mi amada.

Tengo que buscarla, le susurré a Vasquito al oído. Él sonrió. La primera sonrisa desde la batalla. *Para esas labores no te acompaño*, dijo, mientras todos nos dispersábamos a nuestras naves. *Pero no te alejes de tu morral*, añadió con un guiño.

Agradecí sus palabras y su consejo, aunque fueran del todo innecesarios. Y en cuanto fue hora de descender a la barca que me llevaría a la Victoria, y ante su sorpresa, le abracé. Mis brazos le rodeaban, apretándole con fuerza, y alargué ese momento más de lo que uno lo hiciera normalmente con un amigo. *Diego, que no es de mí de quien te tienes que despedir, sino de la dama que te quita el sueño, y no te va a quedar abrazo para ella ni tiempo si no te das prisa. ¡Partimos al alba!*

Vasquito era mi mejor amigo —mi único amigo casi, junto con San Martín, al que, más que amigo, consideraba maestro—. Y es que, aunque Vasquito no lo supiera, para mí ese instante no tenía nada de ordinario: si Dios así lo tenía en su mano, esta sería la última vez que nos veríamos.

Mi futuro estaba con Esperanza.

Mi decisión estaba tomada.

XXXIV

Me ha visto.
El mozo del astrólogo
   me ha visto.
¿Escuchó las palabras que el rajá me dirigió?
¿Escuchó las que yo le contesté?

No tengo nada que esconder y, sin embargo,
   presiento que tengo
      mucho que temer.

   Las apariencias nunca deben engañar
dijo siempre mi señor.
   Y temo que
      lo que ha visto el mozo del astrólogo
         le puede llevar a engaño.

Mas esto en verdad es lo que ha sucedido:
Humabón ha tratado de comprarme.
   Eres uno de los nuestros,
   un hijo de estas islas,
me dice.
   Recuperar el respeto de mis hombres bien vale
    las vidas de los cristianos.

Me turban sus palabras
   y me estremece su plan.

Dará un banquete.
Para los capitanes, pilotos y oficiales.

¿Me atravesará con su cuchillo aquí mismo,
　　si me niego
　　　　a colaborar?
Mas si no lo hago…

Fantaseo con su propuesta:
　　es tentadora,
　　y Barbosa,
　　　　un ruin.
¿Qué vida me espera
　　a bordo?
　　¿Y cuál
　　　　en España?

Fantaseo,
pero decido:
　　no lo haré.
　　Mi señor me dio buenas lecciones.
　　　Nunca muerdas la mano
　　　que te da de comer.

Ese Diego, el mozo del astrólogo,
　　me ha visto.
Mas no me ha escuchado
　　pues nada he dicho.

Mas temo,

pues se aleja.
Y no ve
    cómo Humabón ase mi brazo.
    Cómo lo aprieta
      y tira de mí.
    Cómo intento escapar
        y no puedo.

Eso Diego no lo ha visto.

Ese banquete es una trampa
    y no los puedo salvar.
Y Diego, el mozo, no ha visto
    que no soy un traidor.

Que Dios nos ampare.

1 de mayo de 1521

Esperé en la Victoria, apoyado en la barandilla de cubierta, mis ojos fijos en la cercana orilla. Había jaleo en la nave: el nuevo capitán Goes y los altos oficiales se estaban engalanando para la fiesta de despedida que Humabón había organizado en nuestro honor. Quizá por eso había encontrado a Enrique con el rajá esa misma mañana. Había acompañado a los hombres encargados de cerrar la factoría a traer la mercancía a las naves. O más bien esa había sido mi excusa, porque mi verdadera razón para volver a Cebú esa mañana había sido encontrar a Esperanza, contarle mis planes, tranquilizarla asegurándole que no iba a partir, que mi corazón estaba con ella, aquí, en Cebú.

Al cabo de unos minutos de llegar a la factoría, y después de cargar un par de cestos que contenían espejos y cuentas de collar, me excusé. *¡Pero sin escaquearse, zagal! Que aquí hemos venido a trabajar y poder marchar cuanto antes mejor,* me dijo uno. *¡Esas alubias de mi tierra, cuando os hinque el diente…!* dijo otro, y lanzó una risotada. Hice un aspaviento con las manos. *¡Que las necesidades del cuerpo llegan sin pedir permiso!* contesté, intentando quitármelos de encima.

Volvieron al trabajo mientras yo me alejaba, ansioso por encontrar a Esperanza. ¿Dónde estaría? Me asaltó un súbito atisbo de duda sobre sus sentimientos hacia mí. Hacía días que no nos habíamos encontrado, y demasiados sucesos habían acaecido desde entonces. Me inquietaba pensar que me tomara por un traidor, o por un cobarde, o mentiroso, tras la batalla en Mactán.

Fue entonces que los vi: Enrique y Humabón. Los árboles y la vegetación no me permitían observar bien, y tampoco quería que me sorprendieran espiándolos, pero a leguas se veía que estaban discutiendo. Se decía que el capitán general Serrano había ordenado a Enrique reclutar a algún nativo para que nos guiara fuera de esas islas y nos encaminara hacia las de las especias, y pensé que quizá en esos asuntos se estaban empleando.

Pero a mí lo que estaba viendo me parecía una discusión, que no entendía, porque hablaban en su lengua. Observé durante un instante más, lo justo para darme cuenta de que, en realidad, el único que hablaba era el rajá. Me pareció extraño, pero el tiempo acuciaba, y no podía perderlo haciendo conjeturas sobre una conversación que no entendía, así que los dejé, cuidándome de no ser visto.

Arribé al poblado y busqué a Esperanza en la plaza. Unos niños jugaban a la vera de sus madres. Las mujeres se apercibieron de mi presencia y se alejaron con sus hijos. Hasta hacía unos días, esas mismas mujeres me habrían saludado calurosamente. Me dirigí a la zona donde avisté a Esperanza por primera vez. También busqué tras el árbol desde donde me observó durante la misa, y en las cercanías de su casa. Llamé, pero nadie acudió a la puerta. Angustiado, tuve que rendirme, pues en la factoría habrían comenzado a recelar de mi ausencia.

En regresar, hubo algún comentario sobre mi demora, mas no hubo referencia a nada que hubiera alertado a alguno de los hombres. Para cuando retornamos a la nave, las cestas ya cargadas y la factoría clausurada, el capitán Goes lucía sus mejores galas, y su mozo, en cuclillas, le lustraba las botas.

Algunos de los oficiales comenzaron a subir a las barcas, cada una a la vera de su nave. Había risas y camaradería. Tras la muerte de Magallanes, la fiesta que había organizado Humabón para despedir a nuestra armada y la expectativa de regalos habían sido lo que nuestros oficiales necesitaban para levantar los ánimos. San Martín, como astrólogo y piloto, estaba también invitado. Di gracias a Dios por mi buena fortuna, ya que eso facilitaría mi huida. Me atavié con la camisa y las calzas más limpias que tenía y esperé en cubierta.

Pensar en Esperanza me embargaba. Sentía que mi corazón quería salirse de mi pecho. Intentaba imaginarme la expresión en su rostro, sus enormes ojos negros brillando cual puro azabache cuando apareciera ante ella, las naves ya partidas y yo dado por desaparecido o por desertor. La factoría me serviría de refugio hasta que las naves partieran, porque los hombres me buscarían. Sobre todo Vasquito y San Martín.

Zarparon las barcas, y mi corazón comenzó a palpitar contra mis costillas mientras observaba a los oficiales, ataviados con sus mejores galas, partir hacia Cebú. Los latidos se fueron acelerando así que las barcas se alejaban de las naves. Calculé el tiempo que faltaba para la caída del sol. Necesitaba el amparo de la oscuridad, pero a la vez debía huir antes de que finalizara el banquete y regresaran los hombres. No era un espléndido nadador, pero la distancia a la orilla era corta y pronto haría pie. La ansiedad apenas me dejaba respirar.

Y de repente, un estremecimiento me recorrió la columna. Oí las palabras de mi madre —¿estaba soñando?—, «*Todas las acciones tienen consecuencias*». Se repetían en mis oídos, una y otra vez, como las olas que desaparecían en la arena, una y otra vez. Como los batidos de los remos sobre el agua. Intenté apartarlas de mi mente. Pero su voz volvía, pertinaz. «*Todas las acciones tienen consecuencias*».

Pensé en algo que había dicho Magallanes días antes: que cuando arribáramos a España, el rey Carlos enviaría refuerzos para ayudar al rajá Humabón. Me preguntaba si eso habría cambiado. Magallanes lo había prometido. Pero ahora Magallanes estaba muerto, y Lapulapu no había sido derrotado... ¿Enviaría el rey Carlos una nueva armada para conquistar todas las islas hostiles? ¿Se lo aconsejaría el nuevo capitán general? Me respondí yo mismo, convenciéndome de que, a pesar de todo lo que había acontecido, bien podía hacerlo. Cuando el rey supiera de la existencia de Cebú y de todas las islas de este archipiélago, querría hacerlas suyas. Y si eso ocurría, a mí solo me podía esperar el garrote, por desertor. En un breve instante de lucidez decidí que no podía dejar que eso sucediera. Debía cubrirme las espaldas. Darles siquiera una razón, bien que ínfima, para salvarme la vida, pues ni la idea de convertirme en un traidor a mi patria conseguía convencerme de abandonar a mi amada, como tampoco lo había hecho días atrás el saber que nunca arribaría a las islas de las Especias, que mi ansia de enriquecerme se había desvanecido de un día para otro cuando puse mis ojos en los de Esperanza.

Corrí a la cabina de mi señor, dispuesto a poner sobre papel mis sinceros sentimientos hacia la joven, y cómo esa unión podría ser utilizada en beneficio de la corona española. No sería un traidor, sino un emisario. Un embajador. Un testigo dejado a Humabón en señal de la buena voluntad de los españoles, y como muestra de que España iba a enviar refuerzos para ayudarle a conseguir la hegemonía sobre todas las islas que le eran hostiles. Era poco lo que ofrecía, y muy remoto el éxito de lo que pretendía, pero tenía que intentarlo.

Desde el ventanuco de la cabina de San Martín avisté las barcas arribando a la isla. Había sido un generoso gesto del rajá el celebrar una fiesta de despedida antes de que la armada partiera, fiesta en la que haría entrega de finas joyas para el rey Carlos de España.

El nuevo capitán general, Serrano, había manifestado sus dudas. *Puede ser una trampa,* le había dicho a Barbosa. *¿Qué temor tiene el nuevo capitán general?* se burló Barbosa, mostrando su sarcasmo. *Regalos para el rey de España... ¿No cree el capitán general que es lo menos que podemos ofrecerle de esta isla al rey Carlos, después de haber perdido a su querido Fernando de Magallanes?* Y bien por esa razón, bien por el orgullo español herido a la mera insinuación de cobardía, Serrano aceptó acudir al banquete y fue, además, el primero en saltar a la barca.

Con mi ortografía elemental comencé a escribir. Mi padre había querido ser hombre de letras, mas habiendo crecido en la más miserable de las pobrezas, se había tenido que dedicar al campo desde niño. Como su único hijo que yo era entre hermanas, mi padre había querido para mí lo que él no pudo tener para sí. *Vivimos en Toledo, cuna de eruditos y sabios. Ruin sería si no permitiera que mi hijo se instruyera.* Y así, día sí y día también, cuando mis labores me lo permitían, acudía a la iglesia a ayudar al padre, entre misas y funerales, que eran demasiados, y a empaparme de cuanto conocimiento pudiera. Qué sabio era mi padre en su ignorancia, pues fueron estos conocimientos los que me permitieron alistarme en la armada de las Molucas y los que ahora me facultaban para escribir esta carta, que iba a ser mi salvaguarda y tabla de salvación.

Mas no había apenas mojado la pluma en el tintero cuando avisté a una de las barcas regresar. Me acerqué al ventanuco, y cuando la barca se encontraba ya próxima a la Trinidad, distinguí al alguacil, Espinosa, y al piloto de la Concepción, Carvallo. *¡Algo se cuece en el banquete, y no son viandas precisamente!* gritó Espinosa a los de cubierta.

Les estaban ayudando a subir a la nave cuando se oyeron disparos y un gran tumulto en la isla. Salí de inmediato de la cabina y me asomé a cubierta, donde los hombres se apelotonaban en la barandilla para averiguar lo que ocurría. *¡Que se aproximen las naves a la isla!* ordenó Carvallo. Con los capitanes de las tres naves en la fiesta, Carvallo era el oficial de más alto rango, así que se le obedeció de inmediato. Las tres naves comenzaron a moverse lentamente hacia la isla. *¡Carguen los cañones!* ordenó Espinosa.

¡Fuego!

La sacudida fue instantánea, y el estruendo, ensordecedor. Pero las descargas duraron poco, ya que cesaron en cuanto distinguimos a Serrano, maniatado y ensangrentado, ser arrastrado a la orilla por los hombres de Humabón.

¡Alto! ¡Que cese el fuego!

Y fue en ese instante de silencio cuando oímos a Serrano gritar, *¡Están todos muertos! ¡Todos menos Enrique!*

Oí el murmullo de los hombres a mis espaldas, jurando y maldiciendo insultos de traidor dirigidos al esclavo de Magallanes. Y desde la orilla escuchamos a los captores de Serrano, demandando dos lombardas a cambio de la vida del capitán.

¡Obedeced! ¡Enviad lo que piden! ordenó Carvallo. Se enviaron las armas en una barca, mas cuando los captores las tuvieron en su posesión, las peticiones continuaron, y viendo que se trataba de una nueva emboscada, Serrano gritó hacia las naves *¡Marchad! ¡Mejor que yo muera que perezcamos todos!*

Esa fue la última vez que vimos al leal, infatigable y bravo capitán Serrano.

XXXV

¿Por qué
    he salvado la vida?
¿Por qué no rajó mi garganta
    como hizo a los otros?
¡Yo no le entregué a los hombres! ¡Yo vine al martirio con ellos!
Porque ¿qué era mi vida
      sin mi señor?

¿Qué es mi vida
      ahora?

3 de mayo de 1521

Ni en el más extraordinario e inverosímil de mis sueños —de mis pesadillas— hubiera nunca podido imaginar que aquel fatídico día vería a mi señor por última vez. Que solo días antes nuestro resuelto e íntegro capitán general, y la luz que nos guiaba, Fernando de Magallanes, nos había abandonado para siempre. Que nuestra flota se resquebrajaría en un instante.

Mis esperanzas, hechas añicos.

Mi futuro con Esperanza, desvanecido, por segunda vez y para siempre.

Los tres capitanes habían muerto en la matanza de la fiesta en Cebú. También a mi señor, San Martín, mataron. La punzada que sentí en el corazón cuando supe de su muerte fue dejando paso a un vacío inexpugnable, un hoyo negro en el que me hundía, sin ánimo ni razón para seguir. Las islas de las Especias, en las que había perdido interés cuando clavé mis ojos en Esperanza, y a las que nos dirigíamos, siguieron sin sacarme del abismo en el que se encontraba mi espíritu. Sin Esperanza, mi futuro no merecía la pena. Sin mi señor, mi presente carecía de razón. Y como la sombra de un nubarrón que amenaza tempestad sobrevolando mis sentimientos, Enrique. Traidor. Hijo de perra. Le odiaba. Odiaba su cobardía, que había llevado a la muerte a tantos de nuestros hombres, a la flor y nata de la tripulación. Y odiaba que mi odio hacia él ocupara siquiera un segundo de mis pensamientos.

Las naves se alejaban de la costa de Cebú. Irremediablemente. Para siempre. Lejos de la carnicería en la que devino una cena de hermandad. Y lejos de la dueña de mi corazón.

Los siguientes días los pasé en la bodega, acurrucado entre las barricas de vino, otrora a rebosar. Apestaba, pues a pesar de que las naves se habían limpiado, el hedor de tantos meses albergando alimentos putrefactos había calado en los maderos. Mudaba entre el adormecimiento y el sueño profundo, despertándome de este cubierto en sudor, enloquecido por la comezón.

No recuerdo cuántos días pasé así. Pero sí recuerdo el zarandeo de uno de los mozos trayéndome un mensaje, *El capitán nos requiere en cubierta.* Y yo, con poco atino, movilizar un cuerpo que se me había tornado demasiado pesado y ascender a duras penas a cubierta. Allí, frente a la reducida y adoleciente tripulación, Gonzalo Gómez de Espinosa era nombrado nuevo capitán de la Victoria. Y como si esa hubiera sido la medicina que necesitaba, salí de esa hondonada de abatimiento y desazón y comencé un nuevo día.

Castellano, como casi todos los capitanes que habían perecido, Gómez de Espinosa había sido durante toda la travesía fiel a Magallanes y había mostrado su capacidad de decisión y su liderazgo en cada misión que acometió, ganándose el respeto de todos cuantos habían estado a sus órdenes y también el de los que no. Yo le había tenido siempre un cariño especial, y no olvidaría nunca el plato de carne caliente que me ofreció en Sevilla años atrás, cuando yo era tan solo un zagal sin techo bajo el que recostarme ni pan que echarme a la boca. Gómez de Espinosa era hombre noble, y de lo que a él le sobraba, al nuevo capitán general, López Carvallo, le faltaba. Agradecí a Dios estar bajo el mando de este hombre valiente, de rango, curiosamente, inferior al del piloto de la Concepción, Juan Sebastián Elcano, y al que, por tanto, todos daban como nuevo capitán. Pero un motín había sido suficiente, y los oficiales que votaron los nuevos cargos no habían olvidado su traición en San Julián.

Mas y con todo eso, el acontecimiento que selló mi vuelta a la realidad —a *mi* realidad— fue la quema de la Concepción. La muerte de tantos de nuestros hombres en los últimos días había hecho imposible que pudiéramos manejar las tres naves hasta España. No había suficientes manos. De las tres naves, la Concepción era la que se encontraba en estado más lamentable y, tras deliberar los capitanes, se decidió prenderle fuego y no dejar de ella ni las cenizas que recordaran a los habitantes de esas islas la derrota de las fuerzas españolas. Los sollozos de los hombres que durante tantos meses la habían hecho suya me sacó, por fin, de mi melancolía. Mi presente estaba de nuevo en la Victoria, y mi futuro, en las islas de las Especias y en el regreso a la patria como un héroe.

Recuperado todo lo que se podía aprovechar del interior de la Concepción, tras un responso dirigido por el nuevo capitán general, un marinero prendió la mecha. Las llamas se elevaron en el claro cielo del mar Pacífico. Y con ellas se quemaron mis penas. Mi resolución se tornó firme: con la ayuda de Dios Padre y la protección de la Santa Madre, retornaría a España cargado de especias recogidas en las Molucas, y me haría un nombre en mi país. Yo, Diego García, no me había requemado como carne a la brasa en mitad del Atlántico en vano. No había soportado el frío gélido de San Julián, encastrado en carámbanos y sin poder articular palabra, para nada. No me había alimentado de ratas, de serrín y de cuero cuando creía que ese iba a ser mi último condumio en este mundo, para acabar mis días como un desgraciado en medio de un mar hostil. Y sobre todo, no había perdido a mi amada y a mi señor, para consumirme en la melancolía, en el desaliento o en el odio. Les honraría con mi éxito, que era seguro, porque lo había encomendado a Dios, a la Virgen, y a todos los santos.

∗ ∗ ∗

Partimos de Bohol, la isla cercana a Cebú en donde nos habíamos refugiado y donde habíamos incinerado a la Concepción, en dirección suroeste, en busca de las míticas pero reales islas de las Especias. Retomamos las rutinas con las que habíamos iniciado la travesía tantos meses atrás, mas con nuevos cargos y puestos. Yo ya no era el mozo de San Martín. Vasquito ya no era grumete en la Trinidad. Y las caras nuevas que se nos unieron de la Concepción, repartidas ahora entre la Victoria y la Trinidad, se convirtieron en un consuelo para mi otrora acongojado espíritu, en una distracción más que aliviaba las punzadas que sentía a las fugaces visiones y el recuerdo de Esperanza.

Y al poco, Gómez de Espinosa me requirió a la cabina que mi señor había ocupado. *Diego, cruzamos nuestros caminos de nuevo,* me dijo. Después de tanto tiempo, de seguro tuve que parecerle sorprendido de que se acordara de mí, pues apenas salió un *Sí, señor,* sin apenas voz, de mis labios. Espinosa sonrió. *Ya no eres el rapaz que conocí en Sevilla. Mírate. Eres un hombre.* Sentí orgullo ante sus palabras, el cual se evidenció en una amplia sonrisa. Enderecé la espalda con la pretensión de hacer ciertas sus palabras. Mas era incuestionable: me había hecho un hombre, y no solo porque podía mirar al alguacil a los ojos sin tener que elevarlos. Sentía como un hombre. Luchaba como un hombre. Amaba como un hombre. Y me agarraba a un futuro incierto como un niño no sabría. *Sé que eras el mozo del astrólogo San Martín.* Asentí y Espinosa continuó. *Seguro que aprendiste de tu señor. ¿Sabes cómo manejar sus instrumentos?* Gómez de Espinosa acariciaba con delicadeza el astrolabio que tantas veces mi señor había utilizado para calcular nuestra posición, y que descansaba junto a sus brújulas y cuadrantes. *Aprendí observándole, señor. Mas sus conocimientos eran vastos, y los míos más bien limitados, señor.* La presencia de Espinosa me imponía. Su nombre era leyenda. Notaba que la voz me temblaba. *Desde hoy me servirás.* Y ante estas palabras, no pude evitar que una sonrisa de gozo anegara mi rostro. *Compartirás la cabina con mi mozo personal y grumete. ¡Ah! Y desde hoy también tú lo eres: el grumete Diego García.* Con el corazón latiéndome aceleradamente, henchido de satisfacción y de euforia, Espinosa se dirigió a la puerta y, saliendo de la estancia, llamó *¡Galego!*

Mi corazón dio un brinco. Galego solo conocía a uno: Vasquito.

No podía creer mi suerte.

9 de junio de 1521

M ás de un mes llevábamos dando tumbos de isla en isla en busca de viandas que no perecieran. En busca de las Molucas.

Por lo general —y por fortuna— éramos recibidos como amigos en todas las islas en las que repostábamos. En una de ellas nos avituallamos de alimentos que, para nuestro pesar, no durarían más que un par de días. En otra hallamos a los nativos de piel más negra que nunca hubiéramos visto. El escribano Pigafetta se aventuró en otra isla, en una región que se llamaba Quipit, y regresó con historias del oro y las piedras preciosas que sus habitantes lucían, y de la mina del preciado mineral que allí se hallaba, y que los nativos no podían explotar por falta de aperos de metal con que extraerlo.

Pero aunque nuestro amor por el oro era grande, nuestra urgencia en esos momentos era de arroz. De viandas que no se echaran a perder. El rajá Calanao, de esa región de Quipit, y que tan generosamente nos había proveído de frutas y otras pitanzas, nos habló del puerto de Brunei en la gran isla de Borneo, de la que ya habíamos oído en Cebú, y sin demora nos dirigimos hacía allí. Y como fuera que en nuestro vagar encontráramos tanto islas amigas como islas hostiles hacia nosotros, Carvallo, el capitán general, decidió que necesitábamos un guía para conducirnos a

Borneo, si no queríamos ser atravesados de nuevo por flechas enemigas.

Carvallo estaba perdiendo la paciencia y, creíamos muchos, la razón. Y así, en su afán por hacerse con un guía, un día dictaminó secuestrar a los tres marineros —dos de ellos, pilotos— de una chalupa que se cruzó con nuestras naves. Con Magallanes esto no hubiera sucedido nunca, pensé. Pero la desesperación podía hacer ruin al hombre cabal, y Carvallo no estaba hecho de la misma pasta que nuestro difunto capitán general, que Dios, de seguro, tenía en su gloria.

Fue así que, bordeando de nuevo la costa de la gran isla de Palawan, en donde nos habíamos proveído días antes de alimentos, y tras rebasar las pequeñas islas de Blabac y Banguey, arribamos el nueve de julio a ese gran puerto de Brunei, en la isla que llamaban Borneo.

9 de julio de 1521

Nuestra llegada al puerto de Brunei me hizo olvidar los métodos que habíamos utilizado para arribar allí. Nos recibieron multitud de piraguas, que rodearon las naves como cachorros a la teta de su madre, mientras a duras penas nuestros pilotos acertaban a sortear el tráfico marítimo de ese puerto. A la vista estaba que Borneo no se asemejaba a ninguna de las islas en las que habíamos recalado antes.

Era ese un puerto de gran actividad, donde los únicos salvajes que se veían eran los esclavos. Nuestro capitán general, aunque mezquino, en un acto de prudencia, decidió liberar a los marineros que habíamos secuestrado, a los que envió con un mensaje del rey de España para el sultán, que así llamaban al rey de esas tierras.

Al día siguiente, los hombres del sultán se allegaron a nuestras naves en dos piraguas ricamente ornamentadas y trayendo regalos del sultán. Esto se repitió, y días más tarde ocurrió lo mismo: llegó esa piragua con más regalos y, esta vez, también con un mensaje del mismo sultán, por el que nos autorizaban a comerciar.

Carvallo no cabía en sí de gozo, mas no era él el único: del primero al último, todos los hombres deseábamos olvidar las penurias de los últimos días —qué digo días, ¡de los últimos meses!—, y este puerto de Borneo con su frenética actividad ofrecía todos los entretenimientos que pudiéramos desear.

Y así, cuando Carvallo, Gómez de Espinosa y otros partieron durante unos días para ofrecer personalmente al sultán los regalos y tributos del rey de España, Vasquito y yo nos dejamos llevar por el bullicio y actividad del puerto e intercambiamos algunas de nuestras pocas posesiones —algunas cuentas y espejos que habíamos conseguido de la factoría en Cebú— por arroz, fruta y pescado, que engullimos bañados con vino de arroz a la puerta de la taberna donde las conseguimos.

Fueron días de una felicidad extraña, pues sabía que era relativa solo a las últimas semanas, tras la batalla de Mactán y el fatal banquete en Cebú. Vasquito seguía escribiendo en su diario y yo, en imitando su ahínco, estudiaba y experimentaba con los instrumentos de San Martín, que casi había hecho míos desde su muerte.

Fueron varios días los que los capitanes estuvieron ausentes, y eso daba para mucho —incluso para incontables peleas a bordo, en las que Vasquito y yo a veces nos vimos envueltos—. Con un diente roto, fruto de un puñetazo de un marinero borracho, y un moratón que le contorneaba el ojo y que se llevó Vasquito por defenderme, bajamos a tierra, hartos ya del ánimo belicoso de los hombres, consecuencia del tedio y de los vacíos estómagos.

Y fue así, garbeando por el puerto, que vimos llegar a nuestros capitanes y la comitiva que había partido días atrás, en una imagen que nos dejó atónitos: montados en elefantes y bajo la sombra de ornados baldaquinos se aproximaban en una estampa casi regia; sus semblantes eran espejo de satisfacción.

Esa misma noche, embriagado por el vino —o, quisiera pensar, por el cariño que ya sentía por nosotros—, Gómez de Espinosa nos relató los detalles de su estancia como huéspedes de ese sultán de Borneo, mientras Vasquito y yo escuchábamos extasiados: nos relató el viaje en elefantes, por caminos guardados por tropas armadas con lanzas y escudos, hasta el palacio. Con pelos y señales nos describió cómo este estaba montado sobre pilones y rodeado por una muralla protegida por más de sesenta cañones. No escatimó Gómez de Espinosa en detalles al describirnos el banquete con que fueron obsequiados en la casa del gobernador de esas tierras, de hasta treinta y dos platos distintos, bañados con licor de arroz, y de las camas con ropas de seda fina en las que durmieron, ante lo cual Vasquito y yo nos miramos con deleite y envidia. Nos habló del protocolo suntuario y regio que tuvieron que seguir para poder hablar con el sultán, y Vasquito y yo escuchábamos fascinados. Al sultán, de ningún modo podían dirigirse directamente, sino a través de unos oficiales, que a su vez se dirigían a él a través de un tubo por un orificio practicado en la pared de la sala donde se encontrara el sultán. Y si de pronto Vasquito y yo apenas pudimos contener la risa ante esta descripción, cuando Gómez de Espinosa nos relató cómo debían hacer el saludo protocolario al sultán —dando palmas por encima de sus cabezas y elevando un pie primero, luego otro, para acabar lanzando besos al aire dirigidos al sultán —, la guasa fue tremenda, con lo que Gómez de Espinosa nos despidió con un aspaviento, tras lo cual se acomodó en el camastro y se sumió en un profundo sueño, pero con una leve sonrisa en sus labios.

29 de julio de 1521

Como fuera que la buenaventura era siempre pasajera para nuestra armada, a las tres semanas poco más o menos de callejear por Borneo a nuestro antojo, la desazón comenzó a sentirse en el ambiente. El primer signo fue la flota de más de doscientas piraguas que comenzaron una mañana a aproximarse a nuestras naves. Temeroso de que fuera una trampa, el capitán general ordenó la alerta y levar anclas, con tanto apremio que una de ellas perdimos. Abrimos fuego y partimos con premura, abandonando en tierra, sin poder remediarlo, a tres de nuestros hombres. Fue tal la angustia que sentimos de dejar en tierras hostiles a nuestros hombres, que capturamos una de las piraguas, y resultó ser la más valiosa, pues en ella viajaba un príncipe de esas islas.

Carvallo decidió que por nuestros hombres trocaríamos a este príncipe y a los otros cautivos que iban en su barca, entre los que se encontraban varias mujeres. Parecía un intercambio justo, y un plan adecuado, para recuperar a nuestros hombres. Pero ante nuestra estupefacción, aconteció lo que con Carvallo —debíamos haber supuesto— sucedería. Ni el amor por su hijo, que era uno de los que había quedado abandonado en Borneo, pudo motivarle para preservar la gracia de las mujeres prisioneras, a las que alojó en su cabina y deshonró. Su virginidad echada a perder, de poco valían ahora para trocar por los retenidos en Borneo. Y solo cuando la ira de Gómez de Espinosa y de los pilotos comenzó a amainar tras este suceso, fue cuando supe que tramaban algo.

A pocos cristianos, por muy poco seso que tuvieran, se les escapaba que Carvallo, con sus pocos escrúpulos y su falta de disciplina, no representaba al rey de España, y no era sino más bien una vergüenza para la Corona.

Continuamos navegando mientras realizábamos las labores propias del mar, Vasquito y yo siempre solícitos con Espinosa, al que los dos ya teníamos como nuestro mentor y maestro.

La navegación era difícil por estas aguas salpicadas de islas y arrecifes, y era menester hallar un piloto local que nos guiara.

Fue el quince de agosto que arribamos a una isla con una playa adecuada para echar anclas. Las naves estaban necesitadas de reparaciones con premura, si es que no queríamos acabar nuestros días en el fondo de esos mares perdidos de Dios. Y fue cuando llevábamos algo más de un mes anclados en la isla que bautizamos Nuestra Señora de Agosto[16], un veintiuno de septiembre, que Carvallo fue depuesto: por fin, el merecido castigo. Gómez de Espinosa fue ascendido a capitán de la Trinidad y Juan Sebastián Elcano fue nombrado capitán de la Victoria. Juan Bautista de Polcevera, que había sido maestre de la Trinidad con Magallanes y, días atrás, en Borneo, ascendido a piloto por Gómez de Espinosa, fue nombrado capitán general de nuestra reducida flota. Yo me alegré, pues era un hombre tranquilo y se le veía capaz, y si Gómez de Espinosa había confiado en él, eso me bastaba.

Por fortuna, Vasquito y yo seguimos juntos en la Victoria, y aunque muy apegados a Gómez de Espinosa, a quien

---

[16] Probablemente, la isla de Jambongon.

admirábamos y respetábamos, del mismo modo serviríamos a nuestro nuevo capitán, Juan Sebastián Elcano. El motín de San Julián quedaba lejos en nuestras memorias, y en los últimos meses Elcano había mostrado su arrepentimiento, si no con palabras, bien con sus obras y valía. No nos quedaba más remedio que perdonar al muy experimentado piloto, pues de esos cada vez nos iban quedando menos.

Durante las semanas que permanecimos en esa isla de Nuestra Señora de Agosto, por fin, el veintisiete de septiembre dimos por bueno el trabajo de reparar las naves, en que por falta de materiales tanto tiempo habíamos empleado, y pusimos de nuevo proa rumbo a las Molucas. Con los barcos a punto y el indisciplinado Carvallo depuesto, la moral había medrado, aunque la disciplina en los barcos distara aún de la que hubiera impuesto Magallanes, cosa que, en cierto modo, agradecíamos. El temor a la ira de Magallanes, que tanto había motivado nuestras decisiones y temple en el pasado, había dado paso a un ambiente de más relajo, que no indisciplina.

Vagando de isla en isla, atacamos a piraguas y otras naves con nativos, algunos de los cuales portaban fruta y otras viandas, y si bien al principio estos actos de piratería me parecieron pecaminosos, cuantos más acometíamos, menos viles se me antojaban. A veces reteníamos a sus marinos a cambio de rescate, que siempre consistía en alimentos, y nos dábamos con ello por satisfechos y liberábamos a los presos. En estos mares estas actividades eran comunes, y si no las hacíamos nosotros, de la piratería de otros nosotros hubiéramos sido objeto. Hoy me avergüenzo de esos actos, pero la desesperación por la falta alimentos y por la interminable travesía nos había llevado a tales bajezas. Los ánimos a bordo alternaban entre la desesperación y la esperanza, entre la excitación antes de atacar piragüas y chalupas y la culpabilidad trás obtener nuestro botín.

Un mes más continuamos navegando, y la osadía de nuestros actos de piratería estaba alcanzando niveles de arte. Así, un día del mes de octubre, dando muestras de temeridad sin par, capturamos un gran navío. Y debió de ser por la gracia de Dios y de mi encomendación a la Virgen que en tan buena hora aconteció, pues cuando se interrogó a los cautivos, uno de ellos dijo que había estado en la casa de Francisco Serrao, en Ternate. Y como fuera que Ternate era una de las islas de las Especias y Francisco Serrao el mejor amigo de nuestro otrora capitán general Magallanes, el semblante de todos se iluminó: las Molucas estaban cerca.

6 de noviembre de 1521

Había oído en algunas ocasiones que era ese Francisco Serrao quien sería nuestro anfitrión en las islas de las Especias; que Serrao había sido el mejor amigo de Magallanes en sus tiempos de juventud, y que se había asentado en Ternate, una de las islas Molucas. Y que era él quien había alimentado en Magallanes su ambición por llegar a esas islas. Parecía entonces, pues, que nuestro objetivo y el motivo de nuestra expedición, que tantas vidas se había cobrado, se hallaba ya a nuestro alcance.

La información que tan voluntariamente nos habían procurado los cautivos había hecho que mudáramos nuestro rumbo, y así, arribamos al cabo sur de una gran isla de nombre Mindanao, donde echamos anclas. Y para nuestra buena fortuna —que no para la de esos desdichados—, entre los visitantes que subieron a las naves, nativos curiosos, uno mentó conocer la ruta a las Molucas. En mala hora abrió su boca, pues a la mañana siguiente partimos con él y su amigo a bordo, en contra de su voluntad.

Tras solo nueve días de navegación, en que en ocasiones la falta de vientos nos llevaba en dirección que no queríamos, el seis de noviembre avistamos un pico en la lejanía, y cuando uno de los cautivos mentó que se trataba de la isla de Ternate, el barco entero estalló en alborozo. La euforia se acompañó de gritos de júbilo, abrazos y gracias a Dios; todos los hombres a bordo, muchos con lágrimas en los ojos, no tuvieron reparo en mostrar su felicidad.

Veintisiete meses desde nuestra partida, por fin, íbamos a arribar a nuestro destino. Vasquito y yo nos abrazamos y saltamos juntos, yo agradeciendo a la Virgen, pues había escuchado mis plegarias y nos contábamos entre los pocos más de cien hombres que podían ver con sus ojos el objetivo de nuestra misión. *Y si hoy mismo muero, te haces con mi quintalada[17] y la llevas a mi madre en Bayona, y ella te pagará con un caldo de pescado de los que resucitan a un muerto.* Lancé una carcajada e insté a Vasquito a que callara, pues se me hacía agua el paladar. Y le dije que lo mismo si yo moría, que llevara mi quintalada a mi padre y a mis hermanas, aunque con mi madre en los cielos no sabía cómo mi padre le iba a pagar, pues él nunca había cocinado ni unas migas, a menos que mis hermanas en estos años se hubieran hecho mozas de provecho. Y me dio por pensar que a lo mejor mi hermana Elvira ya se había desposado, pues con quince años que debía de tener, moza ya era. Y pensé en mis otras hermanas, a las que de seguro a duras penas reconocería ya. Se me nublaron los ojos, mas pronto, después de Ternate, avistamos el pico de otra de las islas de las Especias, Tidore, y al poco, dos islas más alcanzaron nuestra vista: el archipiélado de nuestros sueños se mostraba ante nuestros extasiados ojos en todo su esplendor.

---

[17] Cantidad que del importe de los fletes, después de sacar el daño de averías, se repartía a la gente de mar que más había trabajado y servido en el viaje.

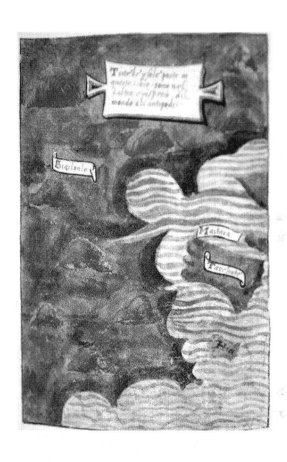

271

8 de noviembre de 1521

Nos aproximamos a Tidore, en cuyo puerto atracamos el día ocho del mes de noviembre, entre saludos de artillería. Un aroma desconocido comenzó a inundar mis sentidos; olor a especias oí decir, y me pareció el perfume más delicioso del mundo.

No tardó un solo día en correr la voz de nuestra llegada, como así comprobamos con la visita del rajá, que se llamaba Al Mansur y que, como un profeta, nos dijo que en sus sueños ya nos había visto arribar. Las ropas de ese rajá eran del más delicado tejido color blanco y estaban ribeteadas en oro; llevaba también un tocado dorado sobre el que descansaba una corona de flores. Le invitamos a bordo y le obsequiamos con numerosos regalos, entre ellos, el sillón de terciopelo en el que le invitamos a sentarse, cuentas de cristal, brocados, cuchillos, espejos, tijeras y más utensilios.

Sin embargo, y a pesar de las muchas visitas que recibimos durante esos días, aún no habíamos conocido a Francisco Serrao. Fue durante una de esas visitas cuando el capitán finalmente se decidió a preguntar por él y, a nuestro pesar, entonces supimos que había muerto solo ocho meses atrás, envenenado, dejando una esposa y un hijo. Fue por esa razón que no lo encontramos esperándonos en puerto con un gran recibimiento, como los capitanes habían esperado, considerando que su gran amigo, Magallanes, arribaba.

La noticia de la muerte de Serrao creó desasosiego en nuestros capitanes; lo sé, por más que Elcano no lo dijera con sus palabras. Mas a mí me dio por pensar que su muerte había sido por la oportuna gracia divina, por evitarle la tristeza de saber a su amigo Magallanes muerto. *Los dos deben de estar festejando en los cielos,* dijo Vasquito, *y se habrán echado unas cuantas carcajadas al vernos dando tumbos de aquí para allá durante meses, sin haber echado mano aún a una sola semilla de clavo.* Reí de buena gana imaginándomelos.

Mas el recelo de los capitanes podía estar fundado, ya que los rumores decían que había sido el propio rajá Al Mansur quien lo había envenenado.

Muchas otras visitas recibimos a bordo, y ante algunos de nuestros visitantes el capitán ordenó representar batallas, con algunos de nuestros oficiales vestidos con las armaduras y hasta soltando la artillería. Estos divertimentos, que lo eran para nosotros, impresionaban grandemente a los visitantes. Y así, muchos rajás de esas islas firmaron acuerdos de alianzas y lealtad eterna a la Corona española. Y no tardó nuestra estancia en Tidore en dar sus frutos, y aunque con recelo y vigilancia desde el primer momento, comprobamos que los buenos deseos e intenciones con que nos agasajaba el rajá Al Mansur eran sinceros. Nos preguntamos si las masacres y el terror que los portugueses habían sembrado en las tierras del mar de la India hacían no solo que nos dieran la bienvenida con los brazos abiertos, sino que ansiaran establecer relaciones con nosotros y con la Corona española, que podía ofrecerles protección. Fuera por una razón o por otra, el rajá Al Mansur nos hizo sentir como en casa, y no desaprovecharíamos nuestra buena ventura.

Durante muchas jornadas estuvimos intercambiando nuestra mercancía únicamente por comida, y no porque no se nos ofrecieran las preciadas especias que habíamos venido a colectar. Nos abstuvimos de aceptarlas, a instancias y orden del capitán Gómez de Espinosa, que, en su sabiduría, decidió que solo negociaría el clavo directamente con Al Mansur. Su prudencia resultó ser del todo fructífera, pues el veintiséis de ese mes el rajá envió el cargamento más grandioso que jamás hubiéramos visto. Mis ojos hicieron chirivitas a la vista de lo que podía ser mi quintalada, y ya veía a toda nuestra tropa ser recibida por el rey Carlos de España entre honores y reparto de títulos.

Tan pronto como el clavo hubiera sido cargado en las naves, partiríamos hacia España.

Era extraño. Los sacos repletos de la aromática y preciada especia, que desfilaban a hombros de esclavos para engordar nuestra bodegas, habían sido la razón de nuestro viaje. La causa de tantas muertes. El motivo de tantas desventuras. Pronto partiríamos con las bodegas de las dos naves repletas del mismo, mientras San Martín, Magallanes, Cartagena, Serrano y tantos y tantos otros —honrados y viles, santos y necios, hijos todos del mismo Dios, al fin— habían dado su vida sin verlo.

Trajinando andábamos preparando las naves, con las bodegas repletas y nuestros ánimos henchidos, a punto de partir. Los hombres canturreaban y el ambiente era de gozo, de camaradería, de felicidad contenida. Al Mansur nos invitó a un banquete de despedida, pues dijo era la costumbre en esas tierras, y hasta al más lelo de nosotros se le erizó la piel, al recuerdo de ese último banquete en Cebú, que muchos de los nuestros no pudieron llegar a contar. Ni que decir tiene que, con toda cortesía, declinamos.

Así y con todo, había nacido una alianza, y como era costumbre, se selló con más regalos que el capitán obsequió al rajá: arcabuces, cañones y cuatro barriles de pólvora en su encuentro de despedida. Al Mansur lloró lágrimas de pena ante nuestra partida, jurando que siempre sería fiel al rey de España y rogándonos no partir con tanta premura. Ante esta demostración de su amor a nuestra tierra y a nuestro rey, los capitanes decidieron alargar nuestra visita unas semanas más. Era lo menos que podíamos hacer en agradecimiento, por más que yo, y muchos, hubiéramos preferido zarpar.

18 de diciembre de 1521

Con nuevas velas luciendo la cruz del apóstol Santiago y la inscripción «Esta es la enseña de nuestra buenaventura», el dieciocho de diciembre levamos anclas, con las bodegas llenas de clavo a rebosar. Nuestra nave, la Victoria, partió primero, y a la salida del puerto esperamos a la Trinidad. Aguardamos por largo rato, mas la Trinidad se demoraba y Elcano comenzó a inquietarse. *Algo retiene a la nave. Tornamos a puerto.* En arribar advertimos que toda la tripulación de la Trinidad andaba en una barahúnda en cubierta; oímos gritos de *¡Achicad el agua de las bodegas!*, y supimos que algo horrible había ocurrido.

Y esto es lo que había acontecido: al retirar el ancla para partir, esta se había atorado y, en el intento de liberarla, al estar las bodegas llenas de clavo hasta sus techos y la nave con tanto peso, se había abierto un boquete en el casco, con lo que la bodega andaba ya por debajo de la línea del agua.

Con apremio desembarcamos y, desesperados, nos apresuramos a vaciar las bodegas antes de que el clavo se echara a perder o que la Trinidad naufragara. Al Mansur envió a un grupo de hombres con largas melenas al fondo de la anegada bodega, para con sus largos cabellos localizar las fisuras, mas su intento fue infructuoso. Empeñamos casi toda la jornada en vanos esfuerzos, exhaustos y desalentados.

Estaba empapado; el agua del mar se mezclaba con mi sudor, y luego con mis lágrimas —que intenté contener sin lograrlo—, a la noticia de que la Trinidad requeriría semanas de reparación. El solo pensamiento de retrasar de nuevo nuestro viaje de vuelta a casa se me hacía intolerable.

Pareciera que algo siempre se interponía ante nuestras intenciones, y desesperé, pensando que nunca retornaría. A mi padre y a mis hermanas. A la paz de la iglesia en Toledo, donde aprendí a leer. A refrescarme en las aguas del Tajo. Recé en silencio y, al cabo, las lágrimas se secaron en mis mejillas en tirantes surcos, la paz de la Santísima Virgen me cubrió y pensé que si era la voluntad de Dios que me quedara para siempre en estas islas, que la aceptaría. Y no fue sino que acepté los designios de Dios que las palabras de mi madre se hicieron realidad: «*Dios sabe lo que necesitas. Si algún día estás desesperado, confía en que Él, en su infinita sabiduría, sabrá cómo ampararte*», cuando los capitanes decidieron que la Victoria debía aprovechar los vientos del sureste y poner proa rumbo a España, antes de que le sorprendieran los monzones. Y cuando las reparaciones en la Trinidad se hubieran completado, ésta regresaría también a España, mas por otra ruta, navegando hacia el este, para arribar a la colonia española que se había establecido en el istmo de Darien[18]. Hinqué mis rodillas en el suelo y di gracias a Dios y a la Santísima Virgen por esta buena nueva, sin inmutarme ante la mirada anhelante de los muchos hombres que deberían quedarse en Tidore remendando a la Trinidad. Reparé en Sagredo. En su mirada encendida y sus enjutas facciones contraídas. En sus angostos brazos tensos a lo largo de sus costados, los puños prietos en una bola. Por segunda vez se le escapaba a ese desdichado la

---

[18] El istmo de Panamá.

suerte de regresar. Y pensé que había justicia en el mundo. Aunque se había cuidado muy mucho de hostigarme en los últimos tiempos —desde que Vasquito y yo éramos como uno desde nuestra llegada a la Victoria—, nunca olvidaría lo que me hizo, y lo que intentó, aun sin éxito. La imagen de Esperanza, aterrorizada, volvió a mi mente. Esperanza... Ese necio no volvería a molestarme nunca más.

Nuevamente, el rajá Al Mansur se comportó como un padre para nuestra expedición, pues ofreció alojamiento a nuestros hombres que se quedaban, un almacén para el clavo y hasta cientos de sus propios hombres para ayudar en las reparaciones. Fue por eso que nuestros compañeros nos despidieron sin rencor; habíamos pasado demasiado juntos —penalidades y alegrías, motines y naufragios, hambre y muerte—, para completar nuestra misión: arribar a las Molucas, las islas de las Especias, navegando en dirección oeste, y regresar a España, con la justa retribución a tantas penurias. Y lo habíamos logrado. El rey nos recompensaría.

Mas hoy sería, con toda certidumbre, la última vez que viéramos a nuestros hermanos.

21 de diciembre de 1521

A nadie le extrañó que el capitán Gómez de Espinosa se ofreciera a quedarse en Tidore con la Trinidad y los sesenta hombres que se harían cargo de recomponerla. Si alguien podía mantener la disciplina y llevar un plan a buen puerto, ese era el juicioso y respetado Gonzalo Gómez de Espinosa, y por un instante pensé que mi suerte era mejor si me quedaba con él que retornando a España por aguas portuguesas y a bordo de una nave capitaneada por Juan Sebastián Elcano. La traición a Magallanes tantos meses atrás, en San Julián, era bien cosa del pasado, y Elcano había reparado su falta con fidelidad a la nueva empresa y a los nuevos capitanes. Mas qué otras desventuras nos esperaban en el camino de vuelta a España y cómo procedería Elcano me inquietaba, pues me temía que su carácter no era ni el de Magallanes, de disciplina férrea, ni el de Espinosa, siempre atemperado en todas las circunstancias. Bien era cierto que el comportamiento de Elcano en los últimos meses había sido ejemplar, se diría que un hombre nuevo, desde la tragedia de la muerte de Magallanes. Su valía y su liderazgo eran ya incuestionables, y muchas muestras de ello había mostrado desde entonces. Además, mis ansias de volver a mi tierra eran grandes, y las palabras de Vasquito me convencieron: *¿Pero has perdido la* *razón? Que no te oiga ninguno de los infelices que se tiene que quedar. Habráse visto insensatez...*

Mientras nos entregaban cartas para sus esposas y familiares, me vi en el lugar de los que dejábamos atrás, y en qué palabras plasmaría en una carta a mi padre si esa hubiera sido mi suerte. No sabría ni por dónde empezar, tanto nos había acontecido. Y me alegré de partir.

No zarpamos hasta bien entrada la tarde, cuando todos nuestros hombres nos hubieron entregado sus preciadas misivas, algunas de las cuales Vasquito y yo habíamos tenido que escribir al dictado, pues la mayoría de ellos no sabía de letras.

Entre despidos emocionados desde cubierta, pero sin soltar la artillería por temor a que se abrieran fisuras en la nave, partimos al fin. Y a medida que la costa se alejaba en el horizonte y nuestros hombres menguaban hasta no ser sino puntos sobre un barco de papel, en mi mente se dibujó la imagen de Esperanza, tan lejana en la distancia y hasta en el tiempo, mas aún ardiente en mi corazón. Y solo la orden de Elcano, que convocaba a la tripulación para recitar las normas por las que regiría nuestro viaje, me devolvió a la realidad. Mis ojos clavados en él, mis oídos atentos a sus palabras, mi vida y la de los demás tripulantes dependían ahora de este hombre, nuestro capitán, Juan Sebastián Elcano.

1 de enero de 1522

Estaban estas aguas infestadas de islas e islotes, amenazadores no solo por desconocer si sus habitantes eran gente de paz o salvajes, sino también por no saber si a ellas habían arribado los portugueses. Porque el viaje de regreso lo haríamos por aguas portuguesas, y el peligro y temor de una muerte segura a manos de nuestros vecinos ibéricos nos acechaba.

Mas el hambre mataba también y, a las pocas semanas de partir, tuvimos que echar anclas por primera vez en una de esas islas para reponer nuestras reservas de vituallas. Agradecíamos cada día la presencia de los dos pilotos de Al Mansur, quien con gran muestra de su generosidad y lealtad había puesto a nuestro servicio para guiarnos hasta la isla de Timor.

Prosiguiendo la travesía, sufrimos a los pocos días una tormenta que de nuevo magulló a la nave, y tuvimos que permanecer en la isla llamada Alor por más de dos semanas, recomponiendo el casco. Fueron unos días bien aprovechados, pues pudimos reponer nuestras reservas de alimentos frescos y poner pie en tierra, lo cual, el que menos, lo agradecía.

Más islas encontramos tras esa, y después de más de un mes de navegación, arribamos al fin a esa de nombre Timor. En anclar, Elcano ordenó a uno de los hombres adentrarse en un poblado para negociar por alimentos, mas fue el escribano de nombre Pigafetta el que solicitó ir en esta misión, por su amor a las costumbres de los salvajes, sobre los que anotaba con diligencia en su diario. Y fue por él que supimos que habían estado allí los portugueses, no porque el escribano se topara con ellos, sino porque había contemplado con sus propios ojos las huellas de ese mal que deformaba los rostros de los infelices que lo padecían y les daba un aspecto deforme y repulsivo, y esa enfermedad la habían traído los portugueses[19]. Despavorido, pero habiendo acometido la orden de Elcano, el escribano retornó a la nave sin alimentos, trayendo en su lugar el anuncio al capitán del precio que el líder de esas gentes pedía por ellos. A la vista de esa cantidad desorbitada, Elcano ordenó el secuestro del líder de un poblado vecino.

De nuevo, el bien y el mal se aliaban en nuestras almas, confundiéndonos, cegándonos. Y apenas ya sentía que era el maligno el que nos hacía obrar así: arribar a España a toda costa se había convertido en nuestra obsesión, pues fue con este acto de canallas y con nuestros pocos escrúpulos que nos avituallamos de diez cerdos y diez cabras y de agua, que intercambiamos por el espantado nativo.

---

[19] La sífilis. Quizá lo que sufrían era lepra, o incluso pian, endémica de la zona.

8 de febrero de 1522

Durante muchas jornadas costeamos la isla de Timor, hasta que, al fin, el día ocho de febrero nos adentramos sin dudarlo en el mar del Sur. Navegando siempre en dirección sursuroeste para andar siempre lo más lejos posible de la ruta de los portugueses, podía ver ya en mis sueños el glorioso perfil de Toledo abrazado por el Tajo.

Tuve que agradecer estas renacidas esperanzas al capitán Elcano, por más que me había tomado todo este tiempo a su mando para darme cuenta. Siendo testigo de sus reuniones y consultas con nuestro nuevo piloto, Francisco Albo, me había apercibido de que era inteligente y muy capaz, y supe así también de su vasta experiencia en la mar como maestre en pasadas campañas en el norte de África y el Levante. Lamenté haberle tenido, hasta la muerte de Magallanes, en poca estima, mas fue por su asociación con los rebeldes en el motín de San Julián, y aún le recordaba atado en grilletes y limpiando letrinas tras contener Magallanes el motín. La convivencia con el nuevo capitán desde que habíamos partido de las Molucas me había descubierto a un marinero capaz que no se detendría ante nada ni nadie para llevar a la Victoria y a su tripulación a buen fin, por más que sus métodos podían haber merecido en más de una ocasión algún reproche, justificado a todas luces por la desesperación en que nos veíamos en este mar enorme, y las ansias por arribar a España.

Las rutinas a bordo se habían restablecido desde nuestra partida, y esto había sosegado los ánimos y restituido la armonía entre los cuarenta y siete hombres que compartíamos nave y rancho —cuarenta y cinco al tiempo de dejar atrás la isla de Timor, pues dos desertaron, allá ellos, locos—.

¿Y tú por qué escribes tanto? le pregunté a Vasquito un día en que me estaba tocando las narices, literalmente, con su pluma, cuando intentaba leer lo que escribía. *Continúo el diario de mi padre. Y si él lo empezó, sus razones tendría. Y mira,* continuó: *Si naufragamos, lo meteré en una caja y lo lanzaré al mar, para que quien lo encuentre sepa que un día existimos, y que navegamos por mares por los que ningún alma había nunca navegado.*

Había acabado nuestro turno en cubierta y nos encontrábamos Vasquito y yo preparándole su ración al piloto Francisco de Albo, a quien desde la partida de Tidore, y por nuestros conocimientos —Vasquito en letras y yo los que había adquirido de astrología—, también servíamos. Otros privilegios habíamos recibido de los que carecían otros hombres en posiciones de mayor rango, como el uso de la que había sido la cabina de mi señor, San Martín, y que, desde su muerte, en Cebú, ocupó el piloto. Era buen señor Albo, siempre ocupado en sus mediciones y apuntes, que a menudo contrastaba conmigo, y yo me sentía importante de que alguien de sus conocimientos considerara la opinión de un aprendiz como yo.

Junto con Albo, otros nuevos tripulantes habían transferido de la Trinidad, y uno de los más pintorescos era el tal escribano, un italiano de nombre Antonio Pigafetta que andaba siempre curioseando por cada isla en la que repostábamos, anotando no solo lo que ocurría, sino también las costumbres de las gentes, sus vestimentas, y la flora y fauna de esas tierras. Hablaba poco con los hombres de a bordo, y parecían interesarle más los indígenas y nativos con los que se encontraba, con quienes se atrevía a entablar conversación en las lenguas más extrañas. Mas desde que había traído la noticia de esa enfermedad de Job, yo me había cuidado mucho de acercarme a él.

Los días eran largos desde que nos habíamos adentrado en el mar del Sur. Lo habían sido también, recordaba, cuando atravesamos el canal de Todos los Santos. Y como entonces y en aquel lugar, los vientos frescos comenzaron a tornarse fríos. Y los fríos días se convirtieron en gélidas semanas, y estas, en interminables meses. Con nuestra proa siempre en dirección suroeste, los recuerdos de la infernal travesía a lo largo de la costa de Brasil tantos meses atrás comenzaron a atormentar nuestro entendimiento. Y no fue el frío nuestro único enemigo, pues con el paso de los días llegó la escasez de alimentos. Y con ella, la enfermedad que nos había acompañado en tantas leguas de nuestra travesía por el Pacífico. Y la zozobra se hizo con las mentes de los hombres y, de nuevo, el aire olió a motín.

8 de mayo de 1522

Dando muestras de sensatez, o presintiendo que una revuelta era inminente, Elcano ordenó un cambio de rumbo en dirección noroeste, hacia África. El frío se había tornado intolerable y precisábamos de agua, madera y viandas. Algunos, los más débiles, imploraron al capitán echar anclas en la gran isla de Mozambique y rendirnos a los portugueses, tal era la desesperación. Y más cuando, a los pocos días, nos sorprendió una tormenta que abatió una de nuestra velas, que bajo la caprichosa lluvia nos afanamos en reparar. Mas, a Dios gracias, el capitán desoyó a los insensatos, y así, sin apercibirnos de ello, distraídos y preocupados en las reparaciones, a los pocos días habíamos ya doblado el cabo de Buena Esperanza.

Con ansia y alegría contenida, solo amenazada por el temor de estar en tierras portuguesas, el capitán decidió que la necesidad de aprovisionamiento era urgente, y anclamos en una bahía al este del cabo. No habíamos pisado tierra en tres meses, y la única isla que habíamos avistado, hacía casi dos, no había proporcionado anclaje, así que la habíamos pasado de largo.

Nos encontrábamos ahora en África, tierra bajo dominio portugués, y como había sido nuestro temor, no tardamos en toparnos en ese puerto con una nave de los que considerábamos enemigos. Con prisa iba de andar —o por no saber con quién se había topado—, pues nos ignoró y prosiguió su marcha. Y fue por la gracia de Dios, pues no hubiéramos podido contener un ataque. Hasta los más fuertes de nosotros, y los oficiales de mayor rango, y por tanto, mejores raciones, éramos poco menos que perchas sujetando los escasos y raídos ropajes que nos cubrían. Y no fue sino al poco de partir de esa bahía, que de nuevo la enfermedad que nos azotó en el mar Pacífico empezó a llevarse almas. Las mismas manchas moradas en la piel, las encías sangrantes, la flojedad extrema... Reconocimos los síntomas de inmediato, y a más de una docena de hombres habíamos perdido ya para cuando Elcano decidió echar anclas en cabo Rojo[20].

El capitán envió a un puñado de hombres en busca de vituallas, y cuando regresaron con las manos vacías, creí desfallecer allí mismo. Mas no me llegó a mí la hora, ni a Vasquito, si bien otros hombres perecieron mientras permanecimos en esa costa. Y los que quedábamos ni fuerza teníamos para las labores más rutinarias, ni siquiera para la más vital, que era la de trabajar las bombas de achique, por las filtraciones que nuestra adoleciente nave Victoria sufría. Dormir se había tornado casi imposible, y los rugidos de mi estómago vacío, arrítmicos, me recordaban que quizá ese fuera mi último día. Que cada aliento podía ser el último.

---

[20] En la frontera entre las actuales Senegal y Guinea.

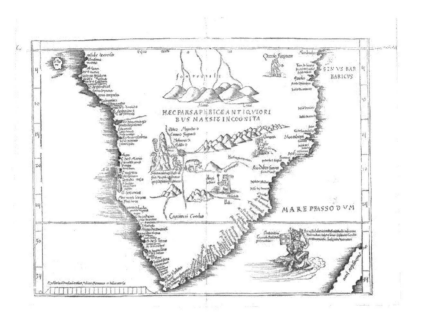

1 de julio de 1522

Al comienzo del mes de junio habíamos cruzado el Ecuador, y como consuelo, el frío hacía tiempo que había dejado de latigarnos. Pero la situación era tan desesperada que el primer día del mes de julio tuvimos que atracar en el puerto de San Tiago, en las islas de Cabo Verde. Esta era, sin lugar a dudas, la escala más peligrosa que habíamos osado hacer, pues estas islas no solo eran portuguesas, sino que, además, eran puerto de parada de las embarcaciones que partían y que regresaban de las Molucas bajo bandera de nuestra enemiga Portugal. Mas no teníamos hombres suficientes para bombear y mantener la nave a flote, y los que quedábamos estábamos exánimes. Si queríamos arribar algún día a España, necesitábamos no solo alimentos, sino esclavos para empeñarse en esa dura tarea de achique de las bombas.

Somos españoles venidos de las Indias, ¿entendido? Una tormenta nos ha separado del resto de la flota y necesitamos recalar para reparar la nave. Que no se os olvide o nuestros días acabarán en esta isla. Con estas instrucciones de nuestro capitán, la pequeña comitiva partió a encontrarse con las autoridades portuarias de San Tiago, con la esperanza de poder permanecer en ese puerto hasta completar las necesarias reparaciones de nuestra tullida nave, reponer las fuerzas que habíamos perdido, y adquirir los preciados esclavos.

El plan de Elcano funcionó, y durante días nadie sospechó de nuestra identidad. Pudimos así traer varias barcas repletas de arroz y otros alimentos, mas aún no los suficientes para continuar nuestra travesía. Y como fuera que solo podíamos pagar por los bienes con el clavo traído de las Molucas, sabíamos de seguro que tarde o temprano nuestra identidad se descubriría, pues bien era sabido que en las Indias descubiertas por el almirante Cristóbal Colón se habían encontrado oro y otras riquezas, no siendo clavo y especias una de ellas.

Y fue a las dos semanas exactas de arribar a San Tiago que el capitán Elcano, envalentonado, envió de nuevo una galera, con trece de nuestros hombres, para aprovisionarse de más arroz y adquirir esclavos. Para la mañana siguiente aún no habían regresado; en su lugar, un barco con oficiales portugueses se nos aproximó y nos ordenó rendirnos. Nuestros peores augurios se habían tornando realidad. *¡Exijo que devuelva a mis hombres de inmediato!* La voz de Elcano sonó rotunda, y apenas acabó de hablar que nos percatamos de que cuatro naves portuguesas se estaban armando. Y con tan solo veintidós hombres a bordo, muchos de ellos enfermos, no éramos rival para tal flota. Elcano tomó entonces la apresurada decisión de partir de aquel puerto sin demora, aun abandonando a nuestros hombres a merced de los portugueses.

Vasquito era uno de ellos.

15 de julio de 1522

Por qué Vasquito había partido en la galera aún lo desconozco. Los dos habíamos hecho un pacto de que no nos separaríamos, y de hacer todo lo que el otro hiciera, incluso que comeríamos lo mismo que el otro, y así la suerte de morir juntos sería mayor, si es que Dios disponía en algún momento que nuestra hora con los mortales había llegado a su fin. Podía ser un pacto estúpido, sí, porque solo a Dios le correspondía decidir nuestro fin y su hora. Mas nos aferrábamos a él, porque nada más teníamos, y en esta nave enferma y vapuleada, con olor a muerte y habitada y manejada por una enclenque y no menos doliente tripulación, hasta la menor de las quimeras suponía la diferencia entre la esperanza o la desesperación.

Esa mañana nos habíamos afanado Vasquito y yo en ayudar a almacenar el arroz que el día anterior la misma galera había traído de la isla, pero al poco yo había tenido que atender unos asuntos para los que me había requerido mi señor. Andaba Albo perplejo aún de que, al llegar a esas islas, hubiéramos sido informados de que era jueves, cuando, según sus anotaciones, que él había hecho todos los días sin faltar, era miércoles. El escribano Pigafetta estaba con él, comparando los mismos resultados. Entró entonces Elcano en la cabina, *Diego, los apuntes de San Martín,* requirió. Me apresuré a rebuscar entre las carpetas de mi difunto señor, y fue entonces que me percaté de que faltaban la mayoría de sus escritos. Cerraba y abría carpetas, no acertando a comprender dónde podían estar las notas; entre las que faltaban estaba la mayoría de sus apuntes navegacionales. El aire se hizo pesado sobre mí y me faltaba la respiración. Los papeles de mi señor, los cálculos en los que había invertido innumerables e interminables horas, y las notas que los explicaban... apenas había nada de ello. Y allí, frente a los oficiales de más alto rango, el capitán y el piloto, y no queriendo decepcionarlos, me acordé. *¡Vasquito!* solté. *¿Qué pasa con él?* espetó Albo. *Él escribe un diario. El que comenzó su padre.* Y salí de la cabina a toda prisa, ante la estupefacción de los oficiales, en busca de Vasquito. Pero por más que fisgué, Vasquito no estaba. *¡Tu amigo partió en la galera!,* me gritó uno.

Imposible. Vasquito nunca habría partido sin mí. Habíamos hecho un pacto. Algún oficial había tenido que obligarle a embarcar en la galera, pues él no lo habría hecho sin mí.

Torné a la cabina de mi señor, con el corazón encogido. En ese momento, Elcano se estaba lamentando de haber celebrado la Pascua en lunes y de haber comido carne en viernes, durante la cuaresma, por esos supuestos cálculos equivocados de Albo y de Pigafetta. Y yo solo abrí la boca para decir, *Vasquito partió en la galera. Será menester esperar hasta que regrese para conseguir sus notas.*

Mas mientras lo decía, yo tenía un mal presagio.

Para cuando era ya noche entrada, la galera no había regresado, y yo no había podido pegar ojo, con el corazón en la garganta, turbado por la ausencia de mi amigo. Fue a la mañana siguiente, mientras me encontraba atendiendo a mi señor, cuando oímos el tumulto a bordo. Salimos Albo y yo de su cabina, a tiempo de ver al barco portugués, y de exigir Elcano el regreso de nuestros hombres, para instantes más tarde oírle dar la orden de partida y levar anclas. *¡Pero los hombres! ¡Capitán, los hombres están en la isla!* grité.

La angustia me sobrevino y no era dueño de mis actos: me agarré al brazo del capitán, tirando de él, quien me sacudió como si de una pesada mosca se tratara. Caí al suelo, entre sollozos. *¡A tu puesto, Diego! ¡O te arresto por insubordinación!* Y con la visión nublada, me restregué las lágrimas a punto de desparramarse de mis ojos y me apresuré a recuperar el diario de Vasquito, su tesoro más preciado, que había prometido hacer inmortal si perecía. Corrí a la bodega y, haciéndome espacio entre las sacas de clavo, su fragancia oprimiéndome, me acuclillé y, aferrándome al diario, rompí a llorar como un niño.

4 de agosto de 1522

Navegando primero en dirección sur y luego oeste alrededor de las islas Cabo Verde, pusimos rumbo en dirección norte hacia las islas Azores, franquéndolas sin detenernos, pues no podíamos arriesgar más hombres a manos de los portugueses. La visión en la lejanía del pico de la isla de ese nombre nos recordó lo cerca que nos encontrábamos de nuestra tierra, casi al alcance de nuestras manos, con un último esfuerzo y con la gracia de Dios guardando nuestros vapuleados cuerpos.

Mas los vientos no nos eran favorables, y para tres semanas después de admirar el majestuoso volcán de la isla de Pico, aún avistábamos la mayor de las islas de ese archipiélago, en un no avanzar. Parecía que el premio final, las costas de nuestra amada España, se iba a hacer desear.

Más de un mes había ya transcurrido desde que viera a Vasquito por última vez cuando, en la gloriosa mañana del día cuatro de septiembre, el grito del piloto *¡San Vicente! ¡Avisto el cabo San Vicente!* rompió el tedio, nos hizo saltar a todos como resortes, e insufló de euforia nuestros mortecinos ánimos. Gritábamos, llorábamos, nos abrazábamos. Apenas lo podíamos creer. Casi alcanzábamos a acariciar en el horizonte a nuestra amada España, tan querida, añorada y deseada durante tanto tiempo. Con saltos de júbilo, banderas izadas y los estandartes al vuelo, dos días más tarde, el 6 de septiembre del año 1522 de Nuestro Señor, la Victoria hizo su entrada por la desembocadura del río Guadalquivir.

El día tan deseado, el momento que tantas veces vi como un sueño que se empeñaba en no hacerse realidad, lo era hoy. Y rompí a llorar como otras veces hice en mis momentos más bajos, pero esta vez de gozo, de alegría, de puro cansancio, de felicidad extrema, y de pena infinita por no poder compartir el momento anhelado con Vasquito.

A falta de catorce días, tres años habíamos empeñado en circunvalar la Tierra. Conté veintiún hombres a bordo, y de ellos, solo dieciocho restaban de los doscientos setenta que habíamos partido de las islas Canarias, los tres restantes eran nativos de las Molucas. Cincuenta y cuatro de nuestros hombres se habían quedado en Tidore con la Trinidad; trece habían sido capturados en Cabo Verde, Vasquito uno de ellos. Todos los demás, muertos. La flota de cinco naves, reducida a dos, y una sola arribando hoy a la patria.

Ninguno de los cinco capitanes que partieron con cada nave estaba hoy con vida para contarlo.

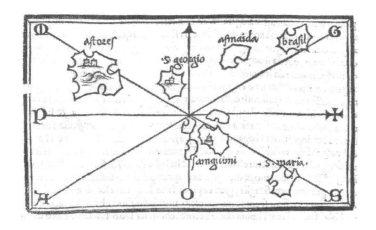

8 de septiembre de 1522

D esde el momento de echar anclas en tierras españolas, añoré aún más, si cabe, a Vasquito. Tantas veces habíamos soñado juntos con ese día —en las noches estrelladas de nuestras guardias; en el quehacer diario sirviendo a nuestros sucesivos señores; en el tedio de las jornadas eternas; en el leve chasquido de los cuerpos arrojados al mar—, que el arribar a Sanlúcar se lo dediqué. Y tan penoso era nuestro aspecto —piltrafas nuestros cuerpos— que más no podíamos manejar la nave, y hubo de ser remolcada hasta Sevilla. Mas antes fuimos socorridos en Sanlúcar, y en correr la voz de nuestra arribada, cestas repletas de carne, pan y fruta, y garrafas de vino, desfilaron por la plancha para saciar nuestra infinita carencia. El hedor que despedía la nave, a enfermedad y a podredumbre, ahuyentó a nuestros salvadores, que depositaron las viandas y salieron presurosos, y disuadió hasta a los más osados marinos en ese puerto de subir a bordo. No nos importó. Nada nos importaba ya. Estábamos salvados.

Con el estómago lleno, y bajo el manto de estrellas y el abrigo de la aún cálida noche andalusí, con las voces apagadas y balbucientes de los borrachos que trajinaban por el muelle y el resuello de mis hermanos como fondo, me fui adormeciendo, agradeciendo a Dios por la templanza y el coraje de Juan

Sebastián Elcano, redimido a mis ojos de sus faltas pasadas y entronizado hoy a lo más alto.

Arribamos a Sevilla al día siguiente y, débiles aún, mas animosos, sacamos fuerza de donde poca había y soltamos la artillería en un saludo final. Estábamos en casa.

Cumpliendo nuestra promesa, que tantas veces habíamos hecho a la Santa Madre, procesionamos, descalzos y maltrechos, con velas prendidas en acción de gracias, a la iglesia de Santa María de la Victoria, allí donde había comenzado nuestra andadura. Elcano, gallardo bajo los harapos que habían sido otrora un vistoso jugón y bombachos, guiaba nuestros pasos, mientras zagales y curiosos se acercaban para contemplar tan insólito desfile.

En cruzar las puertas del templo, y guiado por una fuerza que solo podía ser divina, me dirigí al sagrario, y ante el cuerpo en piedra de Jesús Resucitado, me hinqué y oré con devoción sincera. Sentí mi cuerpo rendirse, dejarse caer en las manos divinas, y ya nada más.

Desperté junto a un capellán que me ofrecía su brazo, y en el que me apoyé para incorporarme. Algo decía, pues movía sus labios, mas yo no le oía. Le agradecí su ayuda, mas sin oír mis palabras tampoco, y me desasí suavemente del monje. Sin ser consciente de a dónde me llevaban las piernas que apenas sentía, me adentré en el santuario. No colgaban hoy estandartes, ni escudos, ni cantaba el coro mayor. Lejos quedaba el boato de aquella misa, el 10 de agosto de 1519. Busqué el lugar donde conocí a Vasquito tres años atrás y me senté. En la paz y el silencio que hoy reinaban, la imagen de los cinco capitanes en sus fastuosas galas emergió ante mis ojos. El olor a incienso me embriagó. Y pensé en mi padre, y en sus últimas palabras, y en sus consejos. En sus deseos. Y me pregunté si se enorgullecería hoy de mí. Si la aventura de la que regresaba se parecía en algo a lo que él había deseado para mí.

Con el cuerpo esquelético de un adolescente malnutrido y la madurez del más avezado de los navegantes, me recosté, con el cuerpo vencido, exhausto, sobre el lugar que otrora había ocupado mi amigo. Sentí el susurro de la dulce voz de Esperanza llamándome, «*Diego. Diego*», una salmodia que me arrullaba. Y oí a mi madre —su voz clara como las lágrimas que surcaban mis mejillas—: «*Descansa ahora, hijo. Mi orgullo. Mi niño. Mi amor*».

EPÍLOGO

Con la excepción de Esperanza, todos los personajes de *Yo fui el primero: la increíble historia real de la primera vuelta al mundo* existieron.

De Enrique, el esclavo de Magallanes, conocemos poco, y esa historia conocida acaba en Cebú, donde permaneció tras la matanza del banquete ofrecido por el rajá Humabón. Todo apunta a que Enrique, herido en su orgullo por los insultos y amenazas de Duarte Barbosa tras la muerte de Magallanes, traicionó a la armada de Molucas, confabulándose con el rajá en un acto de venganza sin parangón. Sin embargo, otras opiniones se decantan por pensar que, no teniendo ya dueño al que servir y dada la unión casi filial que le unía a Magallanes, tras su muerte Enrique no hubiera tenido ya motivación alguna para continuar un viaje plagado de riesgos, y que, al haber llegado a las Filipinas, la tierra en la que había crecido, habría decidido quedarse. En su testamento, Magallanes había dejado escrito que, a su muerte, Enrique sería hombre libre. Pero tras la batalla de Mactán, en la que murió Magallanes, su cuñado y nuevo capitán general, Duarte Barbosa, amenazó a Enrique diciéndole que, en cuanto llegaran a España, sería el esclavo de Beatriz, viuda de Magallanes, hasta su muerte. Esto hubiera podido ser razón suficiente para convencerle de no continuar viaje a España. En cualquier caso, no podemos ni asegurar ni desmentir que Enrique fuera el causante indirecto de la matanza de Cebú.

Conocemos también de Enrique que Magallanes lo adquirió en Malaca hacia el año 1511; sin embargo, es probable que no hubiera nacido allí. Al llegar a las islas Filipinas con las tres naves sobrevivientes de la armada de Molucas, Enrique entendió de inmediato el dialecto que hablaban los nativos. Este dialecto no podía haber sido entendido por alguien criado en Malaca, así que lo más probable es que Enrique hubiera nacido en Filipinas y vendido como esclavo en Sumatra antes de que Magallanes lo adquiriera en Malaca. Si esta teoría es cierta, Enrique ostentaría el honor de haber sido la primera persona en circunvalar la Tierra.

Diego García también existió. De hecho, según los datos que se conservan, dos personas con ese nombre pudieron haberse enrolado con la tripulación. El Diego García de nuestra historia embarcó en la nave San Antonio, y se cree que fue el mozo del astrólogo y piloto Andrés de San Martín, transferido a la Victoria cuando lo hizo este en Río de Janeiro, y siendo uno de los supervivientes que regresó a España a bordo de la Victoria el 6 de septiembre de 1522. A ojos del mundo, Juan Sebastián Elcano y los diecisiete hombres que regresaron con él a España a bordo de la Victoria ese seis de septiembre —incluido Diego García— fueron los primeros en circunvalar la Tierra.

También Vasquito existió. Hijo de Vasco Galego —portugués de nacimiento que había sido asignado piloto de la Victoria—, Vasquito había nacido en Galicia y se enroló como grumete en la Trinidad. Fue más tarde transferido a la Victoria y se dice que, a la muerte de su padre durante la travesía del océano

Pacífico, continuó el diario que este había comenzado. Vasquito fue uno de los trece hombres capturados por los portugueses en las islas Cabo Verde.

En su mayoría, los hechos que se relatan en *Yo fui el primero: la increíble historia real de la primera vuelta al mundo* ocurrieron, según las fuentes primeras que se conservan de la expedición. Pero como en todo suceso histórico, los personajes secundarios —aquellos sin cuyo esfuerzo las grandes hazañas no hubieran sido posibles— quedaron relegados a un segundo plano. En el viaje de la primera circunvalación de la tierra, entre estos personajes se encuentran Diego, en cierto modo Vasquito, y también Sagredo, de los que se conocen solo unos pocos datos puntuales. Son estas omisiones las que permiten a la autora crear un mundo de situaciones a su alrededor para rellenar las páginas en blanco de la historia.

Cabe señalar también que existen muy pocas primeras fuentes de la expedición de la armada de Molucas, y las que existen ofrecen a veces datos contradictorios, en algunos casos atendiendo a las motivaciones políticas y personales de quien las escribió. Y aunque la novela es fiel a las fuentes conocidas, no es su objetivo narrar todos los detalles de la primera circunvalación de la Tierra, sino sembrar en el lector la idea de que hay tantas historias como personajes las vivieron. En *Yo fui el primero: la increíble historia real de la primera vuelta al mundo*, las experiencias personales, el origen, la cultura y la mentalidad de los protagonistas, de cuyas vidas se conoce poco o nada, así como la época histórica que les tocó vivir, con sus inherentes creencias, supersticiones y jerarquías sociales, se reflejan en los hechos que narran, y en cómo lo hacen.

El motivo de un viaje de tal envergadura, en el que tantos recursos financieros se invirtieron y tantas vidas se cobró, es casi incomprensible para nuestra mentalidad de siglo XXI. Pero en los siglos XV y XVI, el valor de las especias era comparable al del oro. Sin ellas, la comida, especialmente la carne, perecía; sazonadas con ellas, se conservaban durante largo tiempo. Las especias provenían de Asia, y eran transportadas a través de una ruta terrestre por la que, pasando de mano en mano a través de mercaderes intermediarios, su precio cuando llegaban a Europa se había multiplicado en muchos casos hasta por mil. Una vez en Europa, las especias concluían su viaje en los puertos italianos de Génova y Venecia, ciudades que se enriquecieron enormemente con su comercio con el resto de Europa. Portugal y España ansiaban parte de esa riqueza, y comenzaron una carrera exploradora con el objetivo de encontrar una ruta marítima hacia las islas de las Especias, evitando así la ruta terrestre, controlada por mercaderes. Portugal ganó inicialmente esa carrera cuando, en 1499, el explorador Vasco de Gama, navegando a lo largo de la costa de África, descubrió el cabo de Buena Esperanza y, con ello, la ruta marítima hasta el mar de las Indias. Solo unos años antes, en 1492, Cristóbal Colón, navegando bajo bandera española, había intentado hallar tal ruta, pero navegando en dirección oeste. Falló en su intento de llegar a las islas de las Especias, pero su viaje no fue en balde: descubrió un nuevo continente, América.

Esta era la situación cuando, entre los meses de febrero y marzo de 1518, Fernando de Magallanes, apoyado por Juan Rodríguez Fonseca, obispo de Burgos, presentó su plan al nuevo y joven rey de España, Carlos I. El nuevo rey era hijo de Juana la Loca y el archiduque Felipe de Habsburgo, por tanto, nieto de los Reyes Católicos y del emperador Maximiliano I de Austria. Había llegado a España con diecisiete años solo meses antes, en septiembre de 1517, procedente de Flandes, donde había nacido y donde se había educado bajo el tutelaje del que sería más tarde papa Adriano VI.

El obispo de Burgos, Fonseca, ambicioso y hábil hombre de negocios, había amasado gran riqueza y poder y, como presidente del Supremo Consejo de Indias, pronto vio las posibilidades que los planes de Magallanes prometían. Al igual que Magallanes, el obispo Fonseca era un hombre interesado en las aplicaciones que la astronomía aportaba a la navegación, y los datos que Magallanes le mostró aseguraban que, navegando en dirección oeste, a través del continente descubierto por Colón, se podía llegar a las islas de las Especias, lo que demostraría, además, que estas se hallaban al oeste de la línea de demarcación establecida en el Tratado de Tordesillas. Si la empresa era un éxito, las riquezas que aportaría a España serían incalculables, sin contar con que se rompería así el monopolio que Portugal mantenía sobre las islas.

Para el nuevo rey, que había llegado a España con un séquito formidable de cortesanos y mercenarios flamencos y germanos, y que apenas hablaba castellano, conseguir la lealtad de sus nuevos súbditos si la empresa propuesta por Magallanes era un éxito, tenía tanta importancia como las riquezas que se conseguirían. Así pues, y con el apoyo de Fonseca, en menos de un mes el rey dio su aprobación al plan de Magallanes y se comprometió a financiarlo.

¿Y qué fue de la Trinidad y su tripulación de cincuenta y cuatro hombres, que se quedaron en la isla de Tidore para hacer las necesarias reparaciones a la nave y posteriormente regresar a España? Ellos no tuvieron tan buena fortuna. Tras cinco meses de reparaciones, la Trinidad partió de Tidore el 6 de abril de 1522 en dirección este, hacia la costa oeste de América. Pero tras meses navegando con vientos en contra, las reservas de agua y comida comenzaron a escasear y, como ocurrió durante la primera travesía del mar Pacífico, el escorbuto hizo su aparición, cobrándose las vidas de muchos de los hombres. Con una tripulación mermada y enferma, Gómez de Espinosa tomó la decisión de regresar a las islas de las Especias. Poco podía imaginar Espinosa que, quince días después de haber dejado Tidore, una flota de siete naves portuguesas había llegado a la isla de Ternate, y que el rajá Al Mansur, temeroso de los portugueses —famosos por sus crueles matanzas— había renegado de su pacto con el rey de España y renovado su fidelidad al rey de Portugal, traicionando así a la maltrecha expedición española. Cuando regresaron a Ternate, Gómez de Espinosa y los supervivientes de la Trinidad fueron hechos prisioneros por los portugueses y tratados como esclavos durante años, primero en Malaca y posteriormente en Ceilán y en Cochín. Para entonces, los supervivientes de la tripulación de la Trinidad se habían reducido a ocho, de los cuales solo cuatro regresarían a España para contarlo: Juan Rodríguez fue el primero en pisar tierras españolas, en febrero de 1526. Gonzalo Gómez de Espinosa y Ginés de Mafra regresaron a Lisboa en julio de 1526, donde de nuevo fueron hechos prisioneros, y donde a Ginés de Mafra le fueron confiscados documentos y notas que habían pertenecido al astrólogo Andrés de San Martín. Fueron liberados en febrero o marzo de 1527, y Espinosa regresó de inmediato a España, donde fue recibido por el rey con todos los honores. Los pilotos León Pancaldo y Juan Bautista, que habían escapado de Cochín en un barco portugués, fueron descubiertos y hechos prisioneros en Mozambique. Bautista murió, y Pancaldo fue llevado a Lisboa, donde fue hecho prisionero y posteriormente liberado; llegó a España en 1527.

En cuanto a la fortuna y suerte de la San Antonio, que desapareció en el estrecho de Magallanes antes de que la flota llegara a cruzarlo, la premonición de Andrés de San Martín fue acertada. Hubo, efectivamente, un motín a bordo. El experimentado piloto Estevao Gomes —se sospecha que herido en su orgullo al nombrar Magallanes capitán de la San Antonio al inexperto portugués Alvaro de Mesquita— atacó, hirió y redujo al capitán Mesquita. La razón fue que, durante la misión de exploración del estrecho de Magallanes, y lejos de la nave del capitán general, Gomes había propuesto a Mesquita desertar y regresar a España. Mesquita, fiel a Magallanes, se negó a traicionarle, ante lo cual Gomes le tomó prisionero y se hizo con el mando de la nave. La San Antonio dio la vuelta y regresó a España navegando de nuevo por el Atlántico, y llegó a Sevilla el 6 de mayo de 1521 —apenas una semana después de la muerte de Magallanes, en Cebú—, con cincuenta y cinco hombres a bordo. Los oficiales fueron arrestados, aunque, a excepción de Mesquita, todos fueron liberados al poco tiempo. No fue hasta que la Victoria regresó a Sevilla, más de un año después, en 1522, y se corroboró la versión de los hechos de Mesquita, que este fue liberado.

¿Y qué fue del alguacil, Juan de Sagredo, y de Vasquito? Se sabe que el primero nunca pudo regresar a España, y murió en Malaca casi cuatro años después de que la Victoria zarpara rumbo a España. Vasquito, sin embargo, fue liberado por los portugueses que le retuvieron en las islas Cabo Verde, y regresó a España poco después de que lo hiciera la nave Victoria.

En conjunto, de los más de doscientos hombres que partieron de Sanlúcar en 1519 —casi doscientos setenta con los que se les unieron en las islas Canarias—, treinta y cinco regresaron a España; y de las cinco naves, solo una, la Victoria, llegó a circunvalar la Tierra. El coste humano de la expedición fue enorme, y los beneficios que la corona española sacó de la venta del clavo que trajo la Victoria en sus bodegas escasamente sirvió para cubrir el coste total de la expedición. El viaje tampoco sirvió para demostrar que las islas de las Especias se encontraban dentro de la zona asignada a España en el tratado de Tordesillas.

Sin embargo, el viaje concebido por Magallanes y completado por Juan Sebastián Elcano es considerado una de las más grandiosas, y de mayor trascendencia, hazañas humanas: se descubrió el estrecho que hoy lleva el nombre de Magallanes y que conecta el océano Atlántico con el océano Pacífico. También se descubrió el archipiélago de las Filipinas, en donde la tarea evangelizadora de Magallanes perdura, siendo la religión católica la profesada por la mayoría de la población en la actualidad. Pero, además, el viaje sirvió para conocer el verdadero tamaño de la Tierra y la dimensión de los océanos, contraviniendo los hasta entonces conocimientos geográficos.

Mas con todos esos logros, sin lugar a dudas el aspecto más relevante de la aventura de la primera circunvalación de la Tierra, quizá nunca superada en ninguna otra gesta, fue la consagración de la fuerza de la determinación y del espíritu humano, capaz de las más sobrehumanas hazañas.

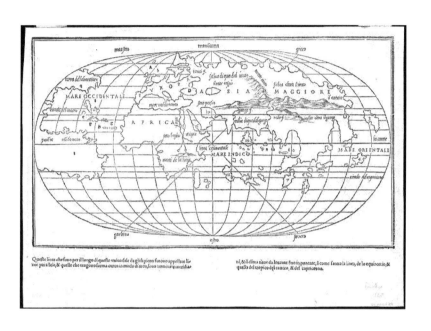

Queste linee che fono per il longo di queste vniuerfale da gli capi con furono appellate Linee parallele, & quelle che tengono forma curua in modo di arco, fono nomi nate meridiane

vi, & il clima nasce da leuante fino in ponente, si come fanno la linea, de la equinoctio, & quella del tropico del cancro, & del capricorno.

315

LISTA DE ILUSTRACIONES

26 de septiembre de 1519
Islas Canarias, Benedetto Bordonne, 1534

12 de noviembre de 1520
Tierra de Fuego, Joannes Jansonius, 1640

26 de noviembre de 1520
Tierra de Fuego, ilustración de Antonio Pigafetta

7 de marzo de 1521
Islas de Samar, Homonhon, Aguada de los Buenos Signos, ilustración de Antonio Pigafetta

31 de marzo de 1521
Islas de Limassawa, Bohol, Ceilán, ilustración de Antonio Pigafetta

7 de abril de 1521
Islas de Cebú, Mactán, Bohol, ilustración de Antonio Pigafetta

9 de junio de 1521
Isla de Borneo, ilustración de Antonio Pigafetta

6 de noviembre de 1521
Isla de Borneo, ilustración de Antonio Pigafetta

18 de diciembre de 1521
Islas Molucas, ilustración de Antonio Pigafetta

8 de mayo de 1522
Sur de Africa, realizado por Laurentius Phrisius y publicado en la
edición de 1525 de la Geografía de Ptolomeo

4 de agosto de 1522
Islas Azores, mapa de Benedetto Bordonne, 1534

EPÍLOGO
Mapa del Mundo, Benedetto Bordonne, 1534

BIBLIOGRAFÍA

Pigafetta, Antonio. *The First Voyage Around the World: An Account of Magellan's Expedition.* Traducido y editado por Theodore J. Cachey Jr. New York: Marsilio Publishers, 1995.

Pigafetta, Antonio. *The Voyage of Magellan.* Traducido por Paula Spurlin Paige de la edición de la Biblioteca William L. Clements. New Jersey: Englewood Cliffs, Prentice-Hall, Inc., 1969.

Toribio Medina, José. *Colección de documentos inéditos para la historia de Chile: desde el viaje de Magallanes hasta la batalla de Maipo.* Santiago de Chile: Imprenta Ercilla, 1888.

Albo, Francisco. *Diario ó derrotero del viaje de Magallanes desde el cabo de San Agustín en el Brasil, hasta el regreso a España de la nao Victoria.*

Thomas, Hugh. *El imperio español: de Colón a Magallanes.* Barcelona: Editorial Planeta, 2003.

García de Cortázar, Fernando. *Historia de España: de Atapuerca al euro.* Barcelona: Editorial Planeta, 2002.

Joyner, Tim. *Magellan.* Camden, Mayne: International Marine Publishing/McGraw-Hill, Inc., 1992.

Claret García Martínez, Antonio. *La escritura en Castilla durante los siglos XVI y XVII a través de los procesos de canonización.* Universidad de Huelva, Huelva: Editorial UNED, 2008.

Fuentes, Carlos. *The Burried Mirror: Reflections on Spain and the New World.* New York, New York: Houghton Mifflin Company, 1992

Defourneaux, Marcelin. *Daily Life in Spain in the Golden Age.* Translated by Newton Branch. Stanford, California: Stanfford University Press, 1966.

Kramer, Sydelle. *Who was Ferdinand Magellan?* New York: Grosset & Dunlap, 2004.

Harmon, Dan. *Juan Ponce de León and the Search for the Fountain of Youth.* Philadelphia: Chelsea House Publishers, 2000.

Kaufman, Mervyn D. *Ferdinand Magellan.* Minnesota: Capstone Press, 2004.

Bastable, Tony. *Ferdinand Magellan.* Milwaukee: World Almanac Library, 2004.

Mattern, Joanne. *The Travels of Ferdinand Magellan.* Austin: Raintree Steck-Vaughn Publishers, 2000.

Reid, Struan. *Ferdinand Magellan.* Chicago: Heinemann Library, 2001.

Gallagher, Jim. *Ferdinand Magellan and the First Voyage Around the World.* Philadelphia: Chelsea House Publishers, 2000.

Whiting, Jim. *What's So Great About Ferdinand Magellan?* Hockessin, Delaware: Mitchell Lane Publishers, 2007.

AGRADECIMIENTOS

A mi madre, por estar, siempre y para todo.

A Paula, porque fue la primera que lo leyó.

A Susana, porque lo editó tan pronto como se lo pedí, con la diligencia y profesionalidad que la caracterizan.

A Marta, Jaime y Jorge, por su entusiasmo con este proyecto.

A mis hijos, por apoyarme siempre.

Y a Dave. Por todo.